毛利恒之
Mohri Tsuneyuki

ユキは十七歳、特攻で死んだ

子犬よさらば、愛しきいのち

ポプラ新書
259

プロローグ　愛するものを護《まも》るために

水平線は雨雲にけむっていた。

沖縄の遥《はる》か東の洋上を、ひそかに這《は》うように、超低空をゆく九機の特攻機――。めざすは、南部海面の米軍艦船である。

沖縄の島影は雨雲におおわれて見えない。あの雲の彼方《かなた》で、守備軍が優勢な米軍と凄《せい》絶《ぜつ》な死闘をつづけ、住民たちは戦火に追われていのちを奪われつつある。

援《たす》けなければならない。同胞《どうほう》を護らなければならない。そう信ずればこそ、特攻の若者たちは征《ゆ》く。選択の余地のない死の十字架を負って――。

国を憂い、家族を思い、愛するものを護るために、至純《しじゅん》の使命感で一途《いちず》に死地へ翔《か》けつづける九人――。

佐藤睦男《さとうむつお》　二十三歳

新井《あらい》一夫《かずお》　二十一歳
久永《ひさなが》正人《まさと》　二十歳
知崎《ちさき》利夫《としお》　十九歳
千田《せんだ》孝正《たかまさ》　十八歳
早川《はやかわ》勉《つとむ》　十八歳
高橋《たかはし》要《かなめ》　十八歳
高橋《たかはし》峯好《みねよし》　十七歳
荒木《あらき》幸雄《ゆきお》　十七歳

最年少の少年飛行兵、荒木幸雄伍長《ごちょう》は、隊長機の左後ろについて飛ぶ。

最後に「ただ一筋に征《ゆ》く」と書き遺《のこ》してきた。いまは、敵艦への体当たりの成功を念じるのみ。

複座の操縦席にただひとり——。エンジン音が轟々《ごうごう》と耳を圧する。

先頭をゆく佐藤隊長がふりかえり、二番機の荒木幸雄を見た。

（いいか？）

（大丈夫です）

（つづけ！）

隊長機は翼をわずかに右に傾け、斜め右へ変針した。

幸雄も舵棒《ラダー》を踏んで機首を南西へ向けた。各機がつづく。

二百五十キロ爆弾を抱えて敵艦に突入していく瞬間《とき》が、刻一刻、迫っている。

前方のかすむ水平線上に、にわかに浮かびあがった黒い粒の並び。幸雄は見た、幾多《いくた》の敵艦影を――。

佐藤隊長は翼をふると、さっと手をあげ、力強く前へふった。

（突撃にかかれ！）

幸雄の血は一気にたぎった。

隊長機は全力で急上昇していく。

幸雄は機をひねって、エンジン全開で左上へ上昇する。

各機が全速力で左右に展開した。高く低く、左右から、敵艦を狙《ねら》って殺到する。

米軍艦艇の対空砲火がいっせいに火を噴《ふ》いた。無数の曳光弾《えいこうだん》が凄《すさ》まじい赤い火の矢の束となって襲ってきた。高角砲弾がそこここに炸裂《さくれつ》し、爆風が機体を震わせる。

一帯は、たちまち、砲火と硝煙《しょうえん》の修羅場《しゅらば》と化した。

幸雄は艦艇群を見下ろして機をひねり、前方の駆逐艦《くちくかん》に狙いをつけた。

手早く無電のモールス信号の電鍵《でんけん》を叩く。

・・・——《トトトツ》（ワレトツニュウス）

愛するものへ最後の別れを叫んだ。

「……！」

歯をくいしばり、まなじりを決して、幸雄は操縦桿《そうじゆうかん》を前に押した。レバー全開。エンジンが雄叫《おたけ》びのうなりをあげ、機は駆逐艦めがけて一直線に急降下していく。

十七歳の少年は、目前に迫る黒い敵影をにらみつつ、砲火が噴きあげる猛烈な弾幕を衝《つ》いてまっしぐらに突進していった——。

ユキは十七歳、特攻で死んだ／目次

第五章　子犬よさらば、愛しきいのち

第六章　夏のメモワール

第一章

子犬を抱く少年飛行兵

日米が戦っていた遠い夏の日に

そのとき、あなたは微笑《ほほえ》むことができますか。

いまは、元気いっぱい。しかし、数時間後には死ぬ、と決まったとき――。

この一枚の写真を、あなたは見たことがありますか。「特攻出撃前に、子犬を抱いて微笑む少年飛行兵たち」の写真を――。

死を前にした十七、八歳の少年たちの微笑みは、見るひとの心をとらえて離しません。

二十世紀の前半、世界に第二次大戦の戦火が燃えていたとき――。太平洋戦争（大東亜戦争）で敗戦に追い込まれた日本軍は、世界の戦史上かつてない「特攻作戦」を強行しました。

国を憂い、家族を思い、愛するものを戦火から護《まも》るために、多くの若者がやむにやまれず、爆弾を抱いた飛行機で米軍艦船に体当たりしていったのです。

戦後五十八年目の夏――。

二〇〇三年の「終戦の日」、八月十五日、東京では前日来の雨が終日降りつづきました。甲子園では、雨に中断されながらも、第八十五回全国高校野球選手権記念大会の熱戦がくりひろげられていました。

二回戦のこの日、群馬代表の桐生《きりゅう》第一高校が鹿児島代表の樟南《しょうなん》高校と対戦。桐生第一高校が四回、長短打を集めて三点を先取します。六回、投手の制球が乱れて一点差に追いあげられますが、リリーフ投手が反撃をしのぎました。

十七、八歳の少年たちが、懸命に投げ、打ち、走る。スタンドの応援団が歓呼《かんこ》の声をあげる。青春を謳歌《おうか》するスポーツの祭典です。

テレビの中継映像が伝える、縦じまユニフォームの桐生の選手たちのプレーを目で追いながら、私は、先の大戦でなくなった野球が好きだった桐生出身の少年のことを思い起こして、その姿を桐生の選手たちの動きに重ねて見ていました。

八月二十四日、真夏の炎天がよみがえりました。甲子園でベスト4入りを果たした桐生第一高校の選手たちが、多くの市民の出迎えを受けて桐生の街に帰ります。

この日、私は桐生へ向かい、正午過ぎ、東武《とうぶ》鉄道の新桐生駅に着きました。空は青く晴れわたり、陽光が照りつけています。

タクシーは渡良瀬《わたらせ》川にかかる錦桜《きんおう》橋を渡って、町なかに入りました。

古くから絹織物の街として知られる桐生は、水と緑の自然に恵まれたところです。先の大戦で空襲の戦火をまぬかれて、町並みはのどかな風情《ふぜい》をとどめています。

街の中心部にある市民ホールに、早くも人々がつめかけていました。

太平洋戦争末期の特攻秘話をえがく、ピアノソナタ「月光」による朗読劇『月光の夏』が上演されます。私が書いた原作・脚本で、劇団東演が上演します。

ホールのロビーに、「特攻出撃前に、子犬を抱いて微笑む少年飛行兵たち」の大判の写真が掲げられていました。

やがて、舞台にむかって傾斜して扇形状《せんけいじょう》にひろがるおよそ五百の客席は観客で埋まり、超満員になりました。

黒い幕を背景にした黒一色の舞台には、一台のグランドピアノがあるだけです。

朗読劇の前段の第一部として、地元の市民有志による「特攻隊員の遺書、短歌の朗読」が行われます。

開幕のベルが鳴り、照明が横に細く絞りこまれた舞台に、七人の朗読者が台本を手にして並びました。保育園勤務の女性、会社員、十七歳の男子高校生から六十歳代の主婦まで、朗読の公募に応じた地元のひとたちです。

観客が注視するなか、第一部の朗読が始まりました。

保育園勤務の女性Aが、静かな口調で語り《ナレーション》を朗読します。自動車販売会社に勤める男性Bがつづけます。

Ａ　あなたは、ご存知ですか。

日本がアメリカと戦っていた、あの遠い夏の日――。

Ｂ　二十歳《はたち》前後の若者が、敵艦に体当たりするために、爆弾を積んだ飛行機で飛びたった。特攻を命じられた、幾百、幾千の若者たち――。

Ａ　愛するひとを、父母《ちちはは》を、ふるさとの山河を戦火から護ろうと、若者たちは征《ゆ》きました。特攻隊員たちは、遺書をのこしています。

フォーレの「鎮魂曲《レクイエム》」が背景に流れはじめます。主婦Ｃが遺書を朗読しました。

Ｃ　第五十七振武《しんぶ》隊　陸軍伍長　山下孝之《やましたたかゆき》（熊本県出身・十九歳）

昭和二十年五月二十五日、特攻出撃　沖縄周辺洋上で戦死

遺書

只今《ただいま》元気旺盛、出発時間を待って居ります。いよいよこの世とお別れです。

お母さん、必ず立派に体当たり致します。

昭和二十年五月二十五日、八時。これが私が空母に突入する時です。

では、お母さん、私は笑って征《ゆ》きます。

永い間お世話になりました。妙子《たえこ》姉さん、緑《みどり》姉さん、武《たけし》よ、元気に暮らして下さい。

お母さん、お体大切に。私は、最後にお母さんが何時《いつ》も言われるお念仏を唱《とな》えながら空母に突入します。

南無阿弥陀仏《なむあみだぶつ》

観客は静かに聴き入っています。

A　空の特攻は、フィリピンの戦いで始まりました。
井樋《いび》太郎さんは、ふるさとでの生い立ちから、特攻出撃のその日までを、百三十二行の詩につづっています。その詩と辞世《じせい》を伝えた終戦間際《まぎわ》の週刊誌が、桐生市境野町の森田悦代《もりたえつよ》さんのもとに大事に保存されていました。

出撃命令を受けた、最後の日のくだりの詩と辞世の歌です。

主婦Dが思いをこめて読みます。

D　特攻隊石腸《せきちょう》隊　陸軍少尉　井樋太郎（佐賀県出身・二十一歳）
十九年十二月十二日、特攻出撃　フィリピン・レイテ島の西方洋上で戦死

ああ感激に　胸ふるふ《う》
大和男子の　生甲斐に
今出撃の　命受けて
静かに誦《しょう》ず　御勅諭
さらば日本よ　父母《ちちはは》よ
数ならぬ身も　大君《おおきみ》の
みたてとならん今日此《こ》の日

辞世
数ならぬ身にはあれども日《ひ》の本《もと》の
歴史書くてふ《ちょう》　その一《ひと》しずく

Ａ　あなたは、ご存知ですか。
私たちの街、桐生で生まれた、十七歳の少年飛行兵が、特攻で沖縄の海に散っていたことを――。

客席の息遣いが、一瞬、止まったようでした。

Ａ　この少年飛行兵は、特攻出撃の前に撮影された、子犬を抱いて微笑む写真で、広く世に知られています。

ことばにならない声がさざ波のようにひろがりました。

その写真はロビーの受付の近くに掲示されていました。しゃがみこんで、両の手で生後ほどない子犬を支える、飛行服、飛行帽の少年――。それを囲むように脇《わき》と後ろに同じ装いの少年兵が四人。みな、まだあどけなさの残る微笑みを浮かべています。

下に添えられた解説に、

「第七十二振武隊の少年飛行兵　最年少は十七歳だった　万世《ばんせい》基地で出撃前に撮影

――」と記されています。

A　桐生へ書き送った最後の便りと、辞世の一首を、十七歳の桐生の高校生が読みます。

会場の空気がぴっとひき締《し》まったように感じました。

白シャツ、黒ズボンの高校二年生Eが一歩前に出て姿勢をただし、台本をひろげました。

E　第七十二振武隊　陸軍伍長　荒木幸雄《あらきゆきお》（群馬県出身・十七歳）

二十年五月二十七日、特攻出撃　沖縄の南方洋上で戦死

最后《さいご》の便り致します

其後《そのご》御元気の事と思ひ《い》ます

幸雄も栄《はえ》ある任務をおび

本日（廿《にじゅう》七日）出発致します

必ず大戦果を挙げます
桜咲く九段《くだん》で会ふ《う》日を待って居ります
どうぞ御身体を大切に
弟達及隣組《およびとなりぐみ》の皆様に宜敷《よろし》く
さよなら

辞世
君がため世のため何か惜しからん
雲染《そ》む屍《かばね》と散りて甲斐《かい》あり

読み終わって、高校生は一礼しました。

私は中空を見上げていました。特攻で逝《い》った荒木少年をしのんで——。魂魄《たましい》は安らいでいるだろうか、と考えたのです。

A　世に神風《かみかぜ》特別攻撃隊と呼ばれましたが、海軍の正式の呼び方は、神風《しんぷう》特別攻撃隊でした。

特攻には、水中の人間魚雷「回天《かいてん》」や、水上の特攻艇「震洋《しんよう》」「肉迫攻撃艇」

などもありました。翼を持つ人間爆弾ともいうべき特攻専用機「桜花《おうか》」の隊は神《じん》雷《らい》部隊と呼ばれました。

養護学校勤務の女性Fが、母への遺書を読みます。

F　神風特別攻撃隊神雷《じんらい》部隊第九建武《けんぶ》隊　海軍二等兵曹　高瀬《たかせ》丁《つよし》（北海道出身・十九歳）

二十年四月二十九日、特攻出撃　沖縄の東南東洋上で戦死

母上様
愈々《いよいよ》出撃します。今更何も悔いはありませんが、暖かく愛《いと》しい母上様に御恩も果たさず征《ゆ》くことが残念であります。唯々皇国《ただただこうこく》に命を捧げる丁を賞《ほ》めて下さい。
母上様、丁は死すとも魂なお留《とど》めて皇国に尽くします。お嘆き下さるな。丁は此《こ》の壮挙《そうきょ》に参加出来て嬉しいです。武人の本懐です。
母上様、永く永くご幸福にお暮らし下さい。丁は母上様のお写真を胸に抱い

て、必ず必ず立派に死ぬ覚悟です。

出撃の日

涙声になるのを抑えて読みおわりました。かわって、会社員の男性Bが朗読します。

Ｂ　神風特別攻撃隊第二七生《しちしょう》隊　海軍少尉　林市造《はやしいちぞう》（福岡県出身・二十三歳）

二十年四月十二日、特攻出撃　沖縄の北、与論《よろん》島の東方洋上で戦死

お母さん、とうとう悲しい便りを出さねばならないときがきました。

親思ふ《う》心にまさる親心　今日のおとずれ何と聞くらむ《ん》

この歌がしみじみ思われます。

ほんとに私は幸福だったです。我がままばかりとおしましたね。けれどもあれは私の甘え心だと思って許して下さいね。

晴れて特攻隊員と選ばれて出陣するのは嬉しいですが、お母さんのことを思うと泣けて来ます。

母チャンが私を頼みに必死に育ててくれたことを思うと、何も喜ばせること

が出来ずに、安心させることもできずに死んでゆくことが辛《つら》いのです。

私は至らぬものですが、私は母チャンに諦《あきら》めてくれということは、立派に死んだと喜んで下さいということは、とてもできません。……

私はお母さんに祈ってつっこみます。お母さんの祈りはいつも神様がみそなわして下さいますから。……

でも、お母さん、やはり悲しいですね。悲しいときは泣いて下さい。私も悲しいから一緒に泣きましょう。そして思う存分泣いたら喜びましょう。

私は讃美歌をうたいながら敵艦に突っ込みます。……


客席の幾人ものひとたちが目元にハンカチをあてています。

A　日本が敗戦という絶望的な状況に追い込まれていたとき、歴史上に類のない、人命を爆弾にする特攻作戦が強行され、空に、海に、六千名もの若者たちが、青春のいのちを散らして亡くなっています。
聞いて下さい、特攻の母の、声なき慟哭《どうこく》を――。

車椅子の老婦人Gが、杖《つえ》を手におもむろに立ちあがりました。台本を片手に持って朗読します。落ち着いた、澄んだ声が会場に流れます。

G　神風特別攻撃隊で戦死された林市造さんの母、故林まつゑ《え》さんの歌

吾子《あこ》は散りにき

一億の人を救《すく》ふはこの道と
　母をも置きて君は征《ゆ》きけり

母思《う》ふ君が情の切なれば
　泣かずあらなん雄々《おお》しくあらなん

泣くことは吾子に背《そむ》くと思ひ《い》つつ
　泣かぬはいよよ寂しきものを

南《みんなみ》の空を仰げば雲湧《わ》きて
　君の姿しそのなかに見る

鎮魂《ちんこん》の調べが高まります。すすりなきの声がそこここに――。観客の胸のうちに湧いた熱いものが、会場いっぱいにひろがりました。

朗読者が一礼して退場し、鎮魂曲が閉じられて、第一部は終わりました。


明りが落ちて暗くなった舞台に、ややあって、一条の光がさしこみ、無音の闇《やみ》のなかにグランドピアノが浮かびあがります。まず、ピアニストが、つづいて男女ふたりずつ、四人の俳優が登場しました。

朗読劇『月光の夏』の桐生公演は、こうして始まりました。

この物語は、佐賀県鳥栖《とす》市であった実話に基づくもので、出撃をひかえたふたりの特攻隊員が、今生《こんじょう》の訣別《わかれ》に小学校のピアノでベートーベンの名曲「月光」を弾いていったという戦争秘話を語り継ぐものです。

場面にあわせて、ピアノソナタ「月光」の三つの楽章が、挿入曲のように、あるいは間奏曲のように演奏されます。

特攻隊員のいいしれぬ苦悩と激情を叩《たた》きつけるように、第三楽章のフォルティッシモの調べが高鳴り、はげしいコーダで完奏して、朗読劇は終わりました。
拍手がしばらく鳴りやみませんでした。

「少年はなぜ、特攻で死んだの？」

「太平洋戦下、特攻という不条理な作戦のために命をささげた若者の心の叫び、生き残った者の苦悩を伝える迫真《はくしん》の朗読に、満場の客席のいたるところからすすり泣く声がもれた」と桐生タイムスは伝えました。
帰京した私のもとに、数日たって、観客のアンケートや感想をつづった手紙が、桐生から送られてきました。
ある女子高校生の感想文を読んで、私はつよく心に訴えてくるものを感じました。

K・W（十七歳・高二）
私は戦争がきらいです。殺りくや破壊や、戦争のニュースは見たくありません。
戦争のものは映画も見たくない、小説も読みたくないです。
たしか小学二、三年のころ、母が『月光の夏』の映画を見て、涙がとまらなかったと話したことがありました。それから、なんども話したので、私は題名をおぼえ、特攻隊員が小学校のピアノで、この世の別れにベートーベンの月光の曲を弾いていった話というぐらいは知っていました。

こんど、桐生で朗読劇の公演があると聞いても、私はぜんぜん関心ありませんでした。ところが、母は私にぜひ見せたいと思ったのでしょう。入場券を手に入れてきました。私は見たくないと言いました。

その私が会場へ行ったのは、朗読劇のまえに、特攻隊員の遺書や短歌の朗読があって、知ってる男子生徒が出るんだと聞いたからです。私と同じ高校二年生が、なんで、そんなもの読むんだろうと思ったんです。

朗読劇を見て、正直いって、感動しました。平和のありがたさ、いのちの大事さをしみじみ感じました。わけもわからず、涙が出ました。みんなが涙をながしていました。

なによりショックだったのは、桐生出身の少年飛行兵が特攻で十七歳でなくなっていたことです。えーっ？　と思いました。

うそ！　ほんと？　なぜ！　なぜ！　なんで十七歳で!?　と思いました。

ロビーに出て、子犬を抱いた少年飛行兵たちの写真を見たとき、私は急にからだがこわばって動けなくなりました。

解説を読むと、十八歳が三人、そして十七歳がふたり。みな、ほほえんでいます。数時間後には死ぬというのに、あなたたち、どうして笑っていられるの？　どうして⁉

私の頭のなかはめちゃめちゃ混乱しました。なぜかどっと涙があふれました。

真ん中で子犬を抱いているのが、桐生生まれの荒木幸雄さんです。彼だけがカメラを、私たちの方を見つめています。その視線が私の心につよく焼きつきました。

その夜、私は敵艦に体当たりしていった少年飛行兵の最期の姿が思いやられて、朝まで眠れませんでした。頭のなかで、「月光」のピアノソナタがなり響いてやみません。

気になって仕方ありません。教えてください。

あのひとたちは、どうして少年飛行兵になったのですか。どうして、十七、八歳で、特攻で死んでゆかねばならなかったのですか。

少年飛行兵とは、なんなのですか。

率直な疑問を投げかけています。

戦争で日本が破滅に追い込まれてゆくとき、国の危急に殉《じゅん》じて特攻死した少年の短くも烈《はげ》しく燃えた十七年の生涯とその時代を、わかりやすく述べて、質問に応《こた》えようと思います。

微笑《ほほえ》みのまなざし、いまも

実は、私は、小学校（当時、国民学校）のころ、熱心に少年飛行兵になろうと考えていました。しかし、志願できる年齢に達する前に、日本が敗れて、戦争は終わったのです。終戦のとき、私は旧制中学の一年で、十二歳でした。

少年飛行兵の受験資格の年齢は、十五歳から十七歳に限られていました。荒木幸雄さんは少年飛行兵十五期乙ですが、その期から受験資格が十四歳からに引き下げられ、ひろげられています。それだけ、戦争の状況が悪くなって、さらに年少の飛行兵をも急いでふやさなければならなくなっていたのです。

私の数年年長のひとたちのなかに、陸軍の少年飛行兵や海軍の予科練《よかれん》（飛行予科練習生）になって、特攻隊員として戦死したひとがいました。

そんなことから、今日まで、私は特攻に関心を持ち、その悲劇と犠牲を語り継ぎたいと考えてきました。

特攻の悲劇と犠牲を語り継ぐ――。そのひとつが、朗読劇『月光の夏』です。

二〇〇三年二月、文化庁主催の新進芸術家公演事業として、劇団東演によって東京・下北沢《しもきたざわ》で初演されました。

そのとき、遠く福岡県久留米《くるめ》市から、千葉県銚子《ちょうし》市から、群馬県桐生市から観劇に来たひとたちもいました。

桐生市の四人の婦人は、桐生の短歌誌『遠天《おんてん》』(根岸美義《ねぎしみよし》主宰)の同人のひとたちです。なかに父を沖縄戦でなくしたひともあり、おりから、イラク戦争が始まったときでもあって、朗読劇を観た感動はとりわけ大きかったようです。

「月光」のソナタ弾き了《お》へ征《ゆ》き逝《ゆ》きし瑞々《みずみず》しかる魂《たま》に目を閉づ　松林正子《まつばやしまさこ》

珊瑚礁《さんごしょう》のはるか彼方の海底に無念忍《しの》ばせ機と兵士散る　関《せき》　敦子《あつこ》

この感動を桐生の人々に伝えたい、という思いから、彼女たちは朗読劇の桐生での自主公演をめざして動き出します。そして『遠天』の同人たちが中心になって、「朗読劇『月光の夏』を観る桐生市民の会」が立ちあげられたのです。

私は、桐生公演を成功させるために、桐生へ応援に出向きました。朗読劇公演を支援するひとたちとの交流会で知りあった『遠天』の歌人、森田悦代さんと話を交わしていたときです。

「女学校の同級生の妹さんが嫁《とつ》がれたおうちでは、ご主人の弟さんが特攻でなくなられてまして、毎年、鹿児島の方へお線香を上げに行っておられますよ」

森田さんのことばに、私は脳裏に突然、稲妻《いなずま》のようなものが閃《ひらめ》きました。あ、と思いました。

「お名前は？」

「荒木さんです」

ああ、と思わず天を仰ぎました。あの子犬を抱いた少年飛行兵、荒木幸雄さんの実家だ、と直感したのです。

一九九〇年、私は特攻関係の取材で九州の各地をまわっていました。特攻隊員が鳥栖《とす》小学校のピアノで今生《こんじょう》の別れに「月光」を弾いていった、という実際にあった話の真相を追うためです。

そのとき入手した資料で、私は「子犬を抱いて微笑む少年飛行兵」の写真を初めて目にしました。第七十二振武《しんぶ》隊の五人の少年飛行兵です。死の出撃を前にしたあの微笑みに、私は胸を打たれ、映像が脳裏に焼きつきました。

この少年飛行兵たちのことを知りたい、と私は思いました。

鳥栖小学校で「月光」を弾いた学徒出身のふたりの特攻隊員（特別操縦見習士官出身）は、鳥栖の西方十二、三キロのところにある目達原《めたばる》基地で特攻の訓練を受け、出撃をひかえて待機していたのでした。

あの少年飛行兵たちも、出撃前の一週間あまり、目達原基地にいたのです。

当時の目達原基地のあとは、いま、陸上自衛隊の目達原駐屯地《ちゅうとんち》になっています。私は取材に訪れました。

隊内の戦時史料室に、旧陸軍航空関係の資料が展示されており、そこに第七十二振武隊の隊員たちの「出撃前の記念　二〇・五・二〇、目達原にて」と書かれた記念写真と寄せ書きがありました。

第七十二振武隊は、出撃命令を受けて目達原基地から鹿児島県の万世《ばんせい》基地へ進出し、そこから沖縄へ向かって出撃したのです。少年飛行兵は十七、八歳という若さでした。なかでも、写真中央の子犬を抱く荒木幸雄伍長は昭和三年、桐生の生まれ。最年少で十七歳二カ月でした。

できれば、いつか取材して、特攻でいのちを散らした少年の、短くも烈《はげ》しく燃えた十七年の生涯に光をあてたい、と考えました。そうすることが、戦火から国を護《まも》るため、世のため、と信じて身命をなげうった若者へ、せめてもの手向《たむ》けの花になるのではないか。そんなふうに思ったのでした。

私は、折りにふれ、少年飛行兵や第七十二振武隊の資料を集めてきました。いつの日か、荒木幸雄さんの仏前に花を供えたい、と思っていました。


私は、桐生市宮本町の兄、荒木精一《せいいち》さんのお宅を訪ねました。

荒木さんご夫妻は快く迎えてくださいました。私は座敷に通され、仏壇に花を供えました。幸雄さんのお位牌《いはい》は「天幸院忠巌義光居士《てんこういんちゆうげんぎこうこじ》」と戒名が記されています。

冥福を祈って合掌《がつしよう》し、瞑目《めいもく》しました。飛行兵姿の幸雄さんの面差《おもざ》しが、まぶたに浮かびます。十七歳の日の微笑みのまなざしは、いまも変わりません。

出会うべくして、ふたたび出会った――。そう思い、奇《く》しきものを感じました。

死の出撃を前にして、屈託なく、微笑んでいる荒木幸雄ら五人の少年飛行兵。あの微笑みの胸のうちに、どんな思いが秘められていたのか――。

なにゆえに、彼らは死の出撃をしていかねばならなかったのか――。

彼らが小学生のころに、日本は中国と戦争を始めました。さらに、アメリカ、イギリスとも開戦して大東亜戦争（太平洋戦争）となり、世界中に第二次大戦の戦火が燃えさかります。

戦争によって国が危急存亡の危機に追い込まれたとき、この少年たちは、どう生き、どう死んでいったか——。

それを知ることは、今日、平和と自由の日々を生きている私たちの生き方を問うことにもなるでしょう。

二十一世紀に入り、世界はテロの恐怖と新たな戦争の不安をかかえています。戦争の火がなお熄《や》まぬイラクへ、人道復興支援の名のもと、「海外派兵」した日本——。

荒木幸雄ら、特攻死した少年たちのことに、いまこそ光をあて、目を注ぎたいと思います。

第二章　大空を飛びたい

模型飛行機とともに翔《かけ》る夢

青い空を飛ぶ、白い翼――。飛行機は風に乗って上昇していく。見上げる少年の目が喜びにかがやく。少年の思いは、飛行機とともに飛んでいた。

一本棒の胴体に、竹ひごと紙で作った翼。ゴム動力で飛ぶ飛行機は、少年の夢を乗せて大空にはばたいた――。

「小学校のころ、ユキちゃんは、模型飛行機を作るのが好きで、とっても上手《うま》かったよ。手が器用だったしね」

荒木幸雄《あらきゆきお》の幼友達だったひとの話を聞いて、やっぱりそうか、と私はうなずきました。

私の小学校（国民学校）時代をふりかえってみます――。

私も飛行機が好きで、こどものころからよく飛行機の絵を描き、模型飛行機を作りました。好きというより、もう模型飛行機づくりのマニアでした。

風邪《かぜ》で発熱して学校を休んでも、模型飛行機は作りつづけていました。自分で設計図を書いて、形のいいよく飛ぶ新型機を作ろうなどと工夫するのです。ある日、学校を休んで、八畳の座敷いっぱいに設計図や材料をひろげて、飛行機づくりに夢中になっていたときのことです。夕方、縁側のガラス戸がすーっと開いた、と気づいたときは、いまや遅し、組主任の先生がそこに立っていて、じーっとにらみつけていました。

滞空時間を競う模型飛行機大会で一等賞をとってから、ますます熱中します。模型飛行機を作りながら、いつからか、実際に空を飛びたい、飛行機乗りになりたいと思うようになっていました。

鳥のように空を飛びたい、とは、原始の昔から人間が抱く夢でした。さまざまに飛行を試みては失敗し、ついに一九〇三年、ライト兄弟が動力飛行機で初飛行に成功しました。

夢の空飛ぶ方法を手に入れた人類は、まもなく、一九一四年に起こった世界大戦（第一次）で、飛行機を戦争の新しい兵器として使います。

私が小学校に入った昭和十五年（一九四〇）には、すでに日本は中国大陸で中国と戦火を交えていました。国家総動員法という法律のもとで、日本は国をあげて戦争に勝つことに力を注いでいました。学校教育も軍国色のつよいものでした。国語の教科書は「サイタサイタサクラガサイタ」「ススメススメヘイタイススメ」から始まりました。

翌十六年四月、小学校は「国民学校」に改められます。戦時体制に応じて、少年少女を「少国民」として鍛えあげる、徹底した軍国主義の教育が進められました。

そして、その年——、昭和十六年十二月八日、日本軍のハワイ真珠湾攻撃、マレー半島上陸でアメリカ、イギリスとの「大東亜戦争」(太平洋戦争)が始まりました。
新聞も戦果の報道で、陸海軍の少年航空兵たちの活躍をたたえます。

翼を並べて奮戦
初陣《ういじん》の少年航空兵
華々《はなばな》し「空の若武者」

地上で二年鍛《きた》へた腕前
見よ大空に晴の勇姿
武勲の荒鷲《あらわし》生む少年飛行兵
(少飛会歴史編纂委員会編『陸軍少年飛行兵史』、少飛会)

少年雑誌や映画も、少年航空兵を英雄視した物語を描きます。
こどもたちは勇んで軍歌を歌いました。

若い血潮の予科練の　七つボタンは桜に錨《いかり》

今日も飛ぶ飛ぶ霞ケ浦《かすみがうら》にゃ　でかい希望の雲が湧《わ》く
（『若鷲《わかわし》の歌』、西條八十《さいじょうやそ》作詞、古関裕而《こせきゆうじ》作曲）

大空を飛びたい、飛行機乗りになりたい、と考える少年にとって、陸軍少年飛行兵や海軍飛行予科練習生（予科練）は、大きな憧《あこが》れになります。

開戦当初は破竹の勢いで勝ち進み、各地を占領した日本軍も、やがて、次第に旗色が悪くなり、形勢が逆転します。十七年六月、ミッドウェー海戦で日本海軍の航空艦隊が壊滅的に敗れたのが戦局の転機でした。

十八年二月には、南太平洋ソロモン群島のガダルカナル島で、日本軍は二万人にものぼる戦死者、餓死者を出して退却しました。日本軍は敗退一途《いっと》に追い込まれます。

日本軍の敗因のひとつは、航空戦力が低下していたことです。そこで軍は陸海軍航空の増強を急ぎました。それにはパイロットが必要です。

「空だ！　男の征《ゆ》くところ　陸軍少年飛行兵募集」
「来れ、若鷲《わかわし》！　海軍飛行予科練習生募集」
「行け、若者　空の決戦場へ！」

そんなポスターが町角や学校の掲示板などに張り出されました。

見よ、僕等は少年飛行兵
鵬翼《ほうよく》連ねて郷土入り
航空日の空からビラを散布

これは、ある日の新聞の見出しです。

「君こそ次の荒鷲だ！　来れ、続け、我らの大空！」

そんなビラもまかれました。少年兵を募《つの》る宣伝はいろいろな形で行われました。

中学生たちは、学校で、教師から少年兵に志願するようにすすめられます。

私が小学校（国民学校）六年生だった、ある日のことです。生徒は運動場に集められました。しばらくすると、飛行機の爆音が聞こえました。

「赤トンボだ！」

遠くに橙《だいだい》色の複葉機（主翼が二枚の飛行機）が見えました。「赤トンボ」のニックネームで知られた、陸軍九五式中等練習機です。

赤トンボは高度を下げつつ、爆音高らかに学校の上空まで来ると、翼を傾け旋回を始めたのです。私たち生徒は歓声をあげて、機に向かって手をふりました。頭上を旋回する機の操縦席に、パイロットの飛行眼鏡をかけた飛行帽姿が見えます。あたりを圧する爆音につつまれて、私はからだが熱くなるほど興奮していました。実物の飛行機の力強さ、素晴らしさ、かっこよさに目も心も奪われました。

これは、少年飛行兵の「郷土訪問飛行」です。

翌日、あの赤トンボを操縦した少年飛行兵が学校にやってきて、私たちを驚かせました。襟《えり》にプロペラの操縦徽章《きしょう》、右胸に航空胸章をつけた少年飛行兵の制服姿を、私は目を輝かせて見守りました。

彼は校庭の指揮台に立ち、私たち後輩の男子生徒に演説しました。

陸軍飛行学校で学ぶ日々。大空を飛ぶ壮快さ。先輩少年飛行兵の活躍ぶり――。

「南方の戦場は風雲急を告げている。いまこそ、われわれ若者が戦うのだ。いざ行かん、空の決戦場へ！　おれは行くぞ。諸君もつづけ！」

はげしい檄《げき》のことばで結び、挙手《きょしゅ》の礼をして、彼は去りました。

私は心の高ぶりをおぼえていました。日本が負け戦に追い込まれつつあることは、こども心にも感じていました。「アッツ島玉砕《ぎょくさい》」など、太平洋の島々で日本軍守備隊が玉砕した、というニュースが伝えられていたからです。玉砕とは、アメリカ軍の攻撃を受けて日本軍の兵士が全滅した、ということです。

その日の放課後、私は意を決して、ひとり、組主任のところへ行きました。

「ぼくは、少年飛行兵を志願します！」

というと、先生は、じっと私を見ました。ちら、と笑ったようにも思います。ぱん、と頭を叩《たた》かれました。

「おまえが行くことはなか」

そのひとことでした。頭を冷やせ、よく考えてみろ、ということだったのでしょう。

いま、考えると、おかしなことです。年端《としは》もいかない、まだ十一歳で、少年飛行兵を志願できる年齢には何年も足りません。少年らしい直情で血気にはやった行動でした。

戦争のさなかのことです。日本はこの「聖戦《せいせん》」を戦い抜くのだと教えられていました。少年は戦士となって、国のために戦わなければならない、という軍国主義教育に駆《か》り立てられて、気負《きお》いたったところがあったと思います。戦争のほんとうの悲惨さを知りません。

少年飛行兵になるには、すぐれた学力、体力、気力、そして宙返《ちゅうがえ》りをしても目がまわらないような、空中適性がなければならない。よし、自分は少年飛行兵になるのだ、というひそかな自負を抱いていたように思います。

荒木幸雄さんは、どうだったのでしょう。

彼は海軍の少年飛行兵をめざし、十四歳で試験を受けます。

荒木幸雄少年、空への旅立ち

荒木幸雄は、昭和三年（一九二八）三月十日、桐生《きりゅう》市宮前《みやまえ》町二丁目で菓子屋「高梅堂《こうばいどう》」を営む荒木丑次《うしじ》さん、ツマさん夫婦の次男として生まれました。

男の子ばかりの五人兄弟でした。

「こどものころの幸雄は、勉強にはあまり身が入らず、野球の方が好きな子でした。頭の回転が早く、はしこかった」

兄の精一さんはそうふりかえります。

父は、お祭りの日には近所のこどもたちに駄菓子を配ったりする、面倒見のいいひとだった。母もやさしかったが、からだがあまり丈夫ではなかった、といいます。

幸雄は、学校から帰ると裏口からかばんを放り込み、近くの原っぱへ駆けていっては、近所の仲間とはやりの野球に興じた。野球といっても、手作りの棒のバットに綿《めん》の手袋のグラブ、といった草野球である。人数が足らないと、本塁、一塁、三塁だけで交替でバッターボックスに立つ「三角ベース」やキャッチボールで、日暮れまで遊んだ。

「背格好《せかっこう》は小さい方だったけど、野球は上手《うま》かった。動きがすばしこかったねぇ」

遊び仲間だったひとはいいます。

あるときは、渡良瀬《わたらせ》川の広い河原で、得意の模型飛行機を飛ばしてたのしんだ。どこで拾ってきたのか、雑種の犬を家で飼って可愛《かわい》がっていた。

小さい子の面倒をよく見た。学校ではあまり目立つ子ではなかった。

「色白のおとなしい子だったよ。やさしかった」

でも、ひよわな子ではない。どこにでもいる、普通の少年だった、といえます。

幸雄が桐生市西小学校を卒業した翌《よく》年、大東亜戦争（太平洋戦争）が始まりました。

そして、十四歳のとき――。ひそかに期するところがあったのでしょうか、幸雄少年は、在学中の桐生商業青年学校を中途退学して、海軍飛行予科練習生（予科練）の試験を受けました。

昭和十八年三月五日（金）の日記（手帳）

本日午前一〇時頃、待望の海軍少年飛行兵採用通知来る。

難関を突破して、「乙種飛行予科練習生」に合格したのです。十五歳の誕生日を迎える五日前でした。

飛行機乗りになりたい、という少年の夢は、一歩実現へ踏み出しました。

三月二十日（土）

父、市役所へ出発（入隊）の期日を聞きに行った。五月一日と決まった。

嬉しくて嬉しくて胸がわくわくした。

午後二時頃、生品《いくしな》分教場の飛行機、宮前町二丁目紺野《こんの》方へ墜落、火事起こる。

入隊の日が決まったことを大喜びしています。どうしたことでしょう、その日、同じ町内の目と鼻の先に飛行機が墜落して炎上し、民家が焼けました。

詳しくは書かれていませんが、飛行機墜落の無残な事故を目撃したのです。少年の心は恐怖をおぼえなかったでしょうか。なにか、不吉なものを感じたりはしなかったでしょうか。

四月六日（火）
六時起床、本日より日課を定めた。
天満宮を参拝、六時五〇分頃帰宅朝食、八時よりお昼まで三時間勉強して、午後は二時間、日課通り勉強する。

飛行予科練習生として航空隊に入ったら、学ばなければならない基礎学科のなかに国語や数学などもあり、特に数学は飛行機の航法を習得するためにも必要です。
「小学校のころ、学業をちょっとおろそかにしたことを、悔《く》いていたんじゃないかな」
のちのちも、がんばって取り戻そうという姿勢が見られる、と精一さんはいいます。
幸雄少年は、自分が決めた勉強の日課を守ります。

四月三十日（金）
本日、元気で桐生駅を出発、土浦《つちうら》に向かう。

「この日、兄は、桐生西国民学校での壮行会で、力強い挨拶をして出発した」

当時、二年生だった弟の義夫《よしお》さんはそう話しています。

予科練や少年飛行兵となる若者を送り出すことは、その地の誉《ほま》れとされていました。幸雄少年は、町の人々の励ましと万歳の声に送られ、喜びと希望に胸ふくらませて茨城県土浦の海軍航空隊へ向かったのです。

しかし、まったく予期せぬ事態に少年は直面します。

五月一日（土）
入隊時身体検査不合格、即日帰郷。涙を呑《の》んで土浦を去る。

日記の記述は、これだけです。

憧《あこが》れの予科練のメッカ、土浦海軍航空隊で、再度の身体検査があり、不合格の烙印《らくいん》をおされて、不名誉な「即日帰郷」を命じられたのです。

受験の身体検査ですべて合格していたのです。それなのに、どうしたことでしょう。便秘でもしていたのか。体調不良、不適、とされたようです。

「涙を呑んで土浦を去る」とだけ記していますが、少年のショック、落胆、苦渋《くじゅう》、悲しみの深さがしのばれます。

五月二日（日）

本日八時発、桐生に二時頃に着く。

幸雄少年は桐生に帰ってきました。きっと、肩をおとし、顔をふせて――。

いま、そのときの詳しいいきさつは、よくわかりません。両親はすでになく、兄の精一さんは、当時、国鉄（現在のＪＲ）に就職して東京に移り、桐生にはいませんでした。幼かった弟さんたちにはあまり記憶がありません。

ただひとつ――。精一さんが、生前の父、丑次さんから聞いたことがあります。

「実は、土浦から兵隊さんがひとり、幸雄についてきた。自殺のおそれあり、ということで……」

はげしい絶望感に少年は襲われた。それが表情に出ていたのでしょう。

彼は、家に引きこもります。十五歳で直面した、深刻な挫折です。

深く落ち込んだ日々がつづきます。しかし、彼は挫折にめげませんでした。

ある日の朝まだき――。幸雄少年は起き出して、夜の明け切らぬうちに天満宮へ向かいます。天神《てんじん》の前に、なにを祈願したのか――。

どう一念発起《ほっき》したのか、彼は医者に通い、からだを治すと、叔母さんの実家である、隣町の藪塚本町《やぶづかほんまち》中原の農家へ出かけます。連日、野良へ出て、陽《ひ》に灼《や》かれて農作業に精を出します。

やみがたい大空への憧れが、少年をつき動かしたものか。即日帰郷の恥を雪《そそ》ごう、という思いもつよくあったに違いありません。

少年はふたたび挑戦します。

八月四日（水）
陸軍少年飛行兵　身体検査合格
身長　一五七・三　胸囲　七七・〇
体重　四八・五　胸郭拡張《きょうかくかくちょう》　八・〇

八月十一日（水）
陸軍少年飛行兵　学科試験予想
数学　八〇点　国語　七〇点

幸雄少年は、両親にもいわずに陸軍少年飛行兵の志願書を取り寄せています。「陸軍少年飛行兵学校生徒志願者心得」には、注意として、「父兄ニ克《よ》ク相談シテ親権者ノ承諾ヲ経テカラ志願シナクテハナラヌ」とありました。出願するにあたり、両親に了解してもらうのに彼はきっと苦労したことでしょう。

九月二十日（月）

陸軍少年飛行兵採用通知来る。

陸軍航空本部長から発せられた通知書には、

陸軍少年飛行兵学校生徒採用予定者ニ決ス

昭和十八年十月一日、午前九時、東京都北多摩《きたたま》郡村山《むらやま》村、東京陸軍少年飛行兵学校

ニ著校《ちゃくこう》スベシ

とありました。

学力、体力、気力がともに要求される難関を、見事に突破しての合格です。しかし、この日の日記に、幸雄少年は喜びのことばを書いていません。

九月三十日午前九時、幸雄少年は町の人々の見送りも断って、ひとり、桐生駅から旅立ちました。東京へ、戦いの空へとつづく道を――。

飛行学校生徒隊の日々

平和憲法のもとにある、今日とは違います。

戦前、戦中の日本は、「国民皆兵《かいへい》」で徴兵制《ちょうへいせい》がしかれていました。国家が国民に兵役の義務を強制的に負わせる制度です。

「徴兵適齢」の満二十歳になる男子は、みな、身体、身上にわたる徴兵検査を必ず受けなければなりませんでした（昭和十八年末には、十九歳に引き下げられます）。

青少年のほとんどは、徴兵で兵隊に召集されるか、自ら志願して軍に入隊するか、そのどちらかだったのです。

徴兵の年齢に達しない少年を志願させて飛行兵に養成する制度が、海軍の予科練（飛行予科練習生）であり、陸軍の少年飛行兵でした。

少年兵の制度は、ほかにも少年戦車兵、海軍特別年少兵など、さまざまありました。

海軍の予科練の制度は昭和五年に始まり、それにならって、昭和八年、陸軍少年飛行兵の制度が導入されました。少年飛行兵の数は、昭和二十年八月の終戦までに、二十期、四万六千名に達します。

荒木幸雄は、東京陸軍少年飛行兵学校に出頭しました。全国各地で受験して合格した、十四歳から十七歳までの少年が、ぞくぞくと集まってきていました。

彼らは、「第十五期乙種生徒」と呼ばれる、短期養成の生徒です。総数、八千三百名——。

入校にあたって、身体検査と適性検査が行われ、その場で操縦、整備、通信の三つの科に分けられて、ただちにそれぞれの教育隊に配属されました。

憧《あこが》れの操縦の科に入った荒木幸雄生徒は、二千余名の短期養成操縦要員の一員として、九州の大刀洗《たちあらい》陸軍飛行学校の甘木《あまぎ》生徒隊へ向かいました。

彼らは学力、体力ともにすぐれた者として、それまで一年をかけていた軍人としての基礎教育をあとにして、いきなり、飛行兵となる教育の実施校へ送られたのです。

そこに待っていた教育は、これまでにないきびしいものでした。

基礎教育を、それまでの三分の一の期間に短縮し強化した、「極めて厳しく激しい教育、訓練であった」と、『陸軍少年飛行兵史』（少飛会）にも記されています。

日に日に悪くなる戦局が、それだけパイロットの養成を急がせたのです。

大刀洗陸軍飛行場は、大正八年（一九一九）、福岡県中南部の筑紫《つくし》平野につくられた、陸軍航空最大の飛行場です。そこに、昭和十五年、大刀洗陸軍飛行学校が設けられました。

甘木生徒隊は、飛行場の東の、朝倉《あさくら》郡立石《たていし》村甘木（現在、甘木市）にありました。

同期の生徒二千余名を一カ所に集めて養成するのは、陸軍航空でも特異なことでした。集中して、教育と訓練を早く終わらせ、速成で少年飛行兵に仕上げようとしたのです。

「大刀洗陸軍飛行学校甘木生徒隊」の門標を掲げた正門を入ると、右手に高いコンクリート造りの防空監視塔が見え、ひろびろとした校庭がありました。左手に、木造二階建ての兵舎が四棟、奥へ並んでいます。

二千余名の生徒は十個中隊に分けられます。第三中隊第六班に配属された荒木生徒は、一棟目の兵舎に入りました。


父、荒木丑次《うしじ》さん宛ての手紙（昭和十八年十月十日）

前略　其後父上様、母上様を初め弟達もお変り有りませんか。自分入校以来相変らず元気で軍務に精励致して居りますから御安心下さい。

自分達の居る付近は、一面高い山で囲まれて居ります。

朝もやにかすむ山々、夕日に輝く映える連山、実に壮観な景色です。

しかし、夕方近く月がこうこうとのぼるのを見ると、なんと無く故郷のことを思い出し悲しう御座います。

しかし、此の苦しみに打勝たねば一人前の立派な軍人にはなれません。艱難《かんなん》に打《う》克《か》ち一日も早く立派な軍人となって、父母上様に安心して戴《いただ》ける様な日本人になります。

（欄外に付記）

又、故郷からのお手紙が何よりの楽しみです。

母上様にも弱い身体を無理せず弟達を教育して下さい。

又、校内の模様は防諜《ぼうちょう》に関係しますのでお話することは出来ませんが、楽しみと云うものは、毎晩菓子の配給がありますので晩になるのが待遠しいくらいです。

では、寒さに向かいますから、暮れぐれもお身体を大切に。さようなら。

十月十一日、入校式が行われました。

このとき、彼らが着込んだカーキ色の軍服には、襟《えり》に陸軍生徒を示す赤ベタ（星のない階級章）がありました。まだ階級はありません。

荒木生徒は、十五日から、一日の行動を記す「修養録」を書きはじめます。

十月十五日（金）晴

七時四五分　服装検査

一〇時頃　　四種混合注射

修養録の記述は、のちに次第に細かくなり、荒木幸雄の少年飛行兵としての成長の軌跡をつづります。

一年八カ月後のある日、書きかけのまま、とだえるまで――。

陸軍航空として初めて、半年に短縮した少年飛行兵になる基礎教育が始まりました。

午前中は、精神訓話や国語、数学、航空気象学などの学科、午後は教練（戦闘のための訓練）、航空体操、剣道など。さらに、軍人勅諭《ちよくゆ》、作戦要務令、航空兵操典なども学びます。これらは、軍人としてあるべき精神、軍人の務め、戦闘の法則を教えるものです。

なかでも、明治天皇から軍人に与えられた「軍人勅諭」は、長文を必ず暗誦《あんしょう》しなければなりませんでした。その五カ条の項目は、

一《ひとつ》、軍人ハ忠節ヲ尽クスヲ本分《ほんぶん》トスベシ
一、軍人ハ礼儀ヲ正シクスベシ
一、軍人ハ武勇ヲ尚《たっと》ブベシ
一、軍人ハ信義ヲ重ンズベシ
一、軍人ハ質素ヲ旨《むね》トスベシ

というものです。

毎日、びっしり詰まった日課です。ときには「不寝番《ねずばん》」にも立たねばなりません。夜、一時間交替で兵舎の張り番をするのです。

十五歳の少年には、重い、きつい日々だったに違いありません。苦しいなかに、少年らしいたのしみも見つけ出そうとしています。

荒木生徒は「金銭出納簿《すいとうぼ》」をつけていますが、十一月に入ると「菓子二〇銭」「菓子

一〇銭」という買い食いの支出がふえてきます。
生徒は手当として「毎月四圓《えん》」を支給されました。
修養録は軍隊式のカタカナ書きです。十一月五日には、感想を記しています。

感想
航空兵ハ目ガ一番大切ト言ッテイルガ、自習ノ時電気ノ暗イノハ大不満デアル。
体操ノ方ハ大分上手ニナッタガ、教練ノ方ガマダ機敏デナイト隊長殿ヨリ注意ヲ受ケタ。今後ハ一層動作ヲ機敏ニヤリタイト思ッタ。
近頃ハ御飯が大分アルノデ助カル。

育ち盛りの少年です。空腹をおぼえたはずです。
甘木生徒隊の戦後に書かれた記録のさまざまを読んでいると、生徒どうしの喧嘩《けんか》、厠《かわや》（便所）に隠れての喫煙、酒保《しゅほ》（営内の売店）よりアンコの盗み出し、被服庫からの靴下の万引きなどの記述もあります。それらがとがめられて、「全員集合、ビンタを食う」など、きびしい体罰も受けています。行動がたるんでいると、制裁を受け、気合いを入れられました。

「生徒隊二千二百名の内、七名の脱走者出る」との記述もあります。落伍者が出たことは、それほどにきびしい訓練の日々であったのだろう、と思われます。

この記述を読んで、私は思い起こしたことがあります。それは鳥栖《とす》のピアノをめぐる特攻秘話の証言者、元教師の上野歌子《うえのうたこ》さんから聞いた話です。

戦争中、高等女学校の生徒だったとき、痛ましい無残なものを見たというのです。

――幼い弟をつれて裏山に登ったとき、モズの鳴く紅葉した山中で、異様なものにぶつかった。それはカーキ色の軍服を着ていた。木の枝になわをかけて首を吊《つ》り、木々の葉がさわさわと風に鳴るなかで、それだけが時間が止まったように動かなかった。うわさでは、大刀洗飛行場の陸軍航空隊から制裁に耐えかねて脱走した少年兵だということだった――。

これは、作り話ではありません。上野さんが目撃した事実です。

地上十メートルを飛ぶ

十一月に入ると、異例に早く、グライダーによる滑空訓練が始まりました。

木製骨組みの胴体、羽布《はふ》張りの主翼という簡単な構造の初級滑空機（プライマリー）

です。まず、止まったままの「地上操縦」の訓練で、主翼の傾きを操縦桿《そうじゅうかん》を左右に動かしてバランスをとる感覚をつかみます。

次は、「地上滑走」です。順に一名の搭乗者、翼の両端を支える者、機首のフックにひっかけたゴム索《さく》を引っ張る組、機の後尾をロープで保持する者などに分かれます。

「〇〇生徒、〇号機、操縦科目地上滑走、搭乗します！」

搭乗の順に当たった者は操縦席に座り、腰のベルトをしめ、まるで滑空機を背負うようなかっこうで両肩のベルトをしめます。

両足を方向舵の踏み棒にかけ、操縦桿を握って姿勢をととのえて、発進準備完了――。

ゴム索引っ張り組が、機首のフックに輪をかけて、前方にY字型にのびるゴム索を左右に分かれて持ち、区隊長の合図とともに、イチニッ、イチニッ、と引いてゆきます。

「発進！」

合図とともに、後尾保持者が杭《くい》にひとまきして引っ張っていたロープを手放します。

滑空機はソリ型の機体下部を地面にこすりつつ前進します。

十一月十三日
――一五時頃ヨリ地上滑走ヲ行ッタ。乗ル時ノ気持ハ実ニ感無量デアッタ。無我夢中デ桿《かん》ヲ握リ滑走シタガ、残念ニモ不出来デアルト言ワレタ。今日ハ「ゴム索」ヲ五〇回以上引張ッタノデ終リニハ歩ケナイ様ニナッタガ、コレガ一人前ニナル為ノ訓練ト思イ何デモナイ様ニ覚《さと》ッタ。

そんな高度ゼロの滑走から、甘木《あまぎ》生徒隊の少年たちの空への挑戦は始まりました。

やがて、ゴム索引っ張り組の索を引く足取りが、イチニイチニイチニ、と早くなりゴム策の長さがずっとのびます。

滑空機は地を離れ、高さ一メートル、三メートル、と次第に高く、遠くへ飛べるようになっていきます。

しかし、バランスをくずして傾き、方向を変えてしまうものもあります。すると、

「逃げろーっ!」

ゴム索引っ張り組はクモの子を散らすように必死に逃げます。

なかには、失速して地に落ち、機を壊してしまうものもありました。

高度わずか三メートルでも、飛ぶことは、彼らの大きな喜びでした。でも、操縦席に座って飛べるのは、日にわずか数分。訓練のほとんどは、ゴム策を引っ張り、飛んだ機をスタート地点にかついで戻す作業で、みな疲れてくたくたになりました。

甘木生徒隊で荒木幸雄生徒と同じ第三中隊第六班にいた、比企義男《ひきよしお》さんは、同期の集まりである「少飛十五期大刀飛会《たちひかい》」（仁木勝美《にきかつみ》会長）の事務局長です。

比企さんはいいます。

「荒木君は同じ内務班でしたが、あまり目立たない、おとなしいまじめな男でしたよ。やさ男の感じだったけど、芯《しん》のしっかりした、勉強家でね。国語や数学などの普通学もよくできた。

グライダー訓練は、区隊の五十人編成でやるんだけど、私は尻から何番目かのドンジリ組だった。彼は腕がよかったですよ。私がやっと一メートルぐらいの高さを飛んでいるときに、彼はもう十メートルぐらいの高さを飛んでいたなぁ」

腕がよかった。しかし、失敗も重ねています。

生徒隊では、兵器の扱いや地上戦の突撃、夜間行軍などの訓練も行われます。

そんななかで、航空力学の講義が始まり、飛行機の構造、発動機、航空航法など「空中勤務者」（搭乗員を陸軍ではそう呼んだ）として必要な専門学科も習得していきます。

彼は、体操で、跳び箱を跳ぶ姿勢が素晴らしかった。「空中回転」だけが上手《うま》くできなかったようで、「今日モ尻ヲツイタ」などと記しています。

心身ともに鍛えられて、日々成長していく様子が、修養録からうかがわれます。入校してから二カ月半――。「体力検査アリ。入校シタ時ヨリ四瓩《キロ》グライ殖《ふ》エタ」とあります。

甘木生徒隊二千余名の生徒たちが、みな、大きなたのしみにしていることがありました。年末年始に帰郷する休暇を与える、と発表されていたからです。しかし、その期待は打ち砕かれます。


父、丑次《うしじ》さん宛ての手紙（十二月二十二日付）

――実は正月休暇の件、校長閣下外幹部殿より休暇許されることになりお手紙を出しましたが、本日航空総監殿より命令来《きた》り、突然休暇中止という事になりました。

理由は、此の六カ月の短期教育並びに非常の難局に休暇などないと言うのです。お父様外弟達も此の自分の帰省を首を長くして待って居る事と思いますが、誠に已《や》むを得ません。まず此の一年位面会（帰省）は望まれません故何卒御身体に留意せられ職務に励んで下さい。

若《も》し面会に来るのでしたら、なるたけ、日曜日、祭日にお出で下さい。

傍線のところは、検閲で墨《すみ》で消されています。

この年十月には、大学や高等学校、師範学校などの文科系学生たちも、「徴兵猶予《ゆうよ》」の制度が廃止されて、「学徒出陣」で戦場へ出てゆくことになりました。

戦局がどんどん悪くなっていく――。父、丑次さんもそう感じていたはずです。息子にふたたびいつ会えるかわからない。無理をしても、ひと目、会っておきたい、と考えたのではないでしょうか。

丑次さんは長男の精一《せいいち》さんと三男の康好《やすよし》さんを伴って、はるばる九州へ面会に行きます。

昭和十九年一月一日（土）新年
元旦デアルタメ四時半全員起床、先日教官殿ガ言ッタ通リ「初駆ケ」デ昭和十九年ヲ迎エル。
本校入校以来初メテノ単独外出デアル。欣喜《きんき》雀躍《じゃくやく》トシテ校門ヲ出ル。
班長殿ト行キ合イ、父ガ面会ニ来テイルトノ事デアル。実ニ感慨無量、嬉シクテ何モナカッタ。直チニ引返シテ父兄ト面会シタ時ノ気持ハ実ニ言語ニ表セナイ。

班長殿ノ慈悲ニヨッテ二日晩ヨリ三日晩マデ外泊ガ出来ル事ニナッタ。

遥《はる》カ桐生《きりゅう》ヨリコノ九州迄遠イ所ヲ面会ニ来テクレタ父ノ有難サヲシミジミト感ジタ。

一月二日（日）

――午後勇ンデ校門ヲ出テ父ノ宿所へ面会ニ行ッタ。自分モコノ様ニ父兄ト一緒ニ宿スル事ハ絶対出来ナイト思ッタガ、教官殿、班長殿ノ慈悲ニヨッテノ事デアル。今後コノ上官殿ノ慈悲ヲ心ニ体得シ一意専心上官ノ教訓ニ従イ立派ナ少年飛行兵トナル覚悟デアル。

今夜一晩朗ラカニ父兄ト肩ヲ並ベテ床ニ就ク。

一月三日（月）

入隊後三カ月ブリニ父兄ト布団ノ上デ床ニツイタ。実ニヨイ気分デアル。我ママガ出テカ今日ハ七時頃起床、ノンキニ朝ヲ過ゴシタ。

日ノ経《た》ツノハ早イモノ、モウオ別レデアル。イツマデモ一緒ニイタイト思ウガ、ソウハユカナイ。コレガ修養ト思ウト喜ンデ別レル事ガ出来タ。

三カ月ぶりに、父や兄弟と枕を並べて寝られたことを、十五歳の少年は心から喜んでいます。これから先、こんな機会がたびたびあろうとは、父も子も考えていなかったでしょう。

父は、息子のからだつきも顔つきも、そして言うこともしっかりしてきたなぁ、と感じたのではないかと思われます。

「学校のころにもっと勉強しとくんだった。おれ、これからがんばろうと思うよ」

幸雄がそんなことばを洩《も》らしたのを、兄の精一さんは記憶しています。

一月十六日（日）晴
月月火水木金金……。我ガ生徒隊ニ於テモ日曜ナシノ猛訓練デアル。自分トシテモ望ムトコロデアル。益々心身ノ錬磨《れんま》ニ励ミ立派ナ軍人トナル覚悟デアル。

一月になって、学科より体操と滑空訓練の時間がふえました。

初めて、拳銃の射撃を体験します。

二月五日（土）曇
――生ヲ受ケテ初メテ実弾ヲ手ニ持ツ。第一弾ヲ打ツトキノ自分ノ心ハ何トイッテヨイカ、只唖然《ただあぜん》トシテ引金《ひきがね》ヲ引ク。第二弾目ヨリ大体調子ガワカリ異常ナク実砲射撃ヲ終了シタ。

三月二日午後、荒木生徒は滑空訓練で高く飛んだが、つよい横風に流されて土手に機をぶつけ、機の前部胴体を壊してしまいます。本人もショックを受けます。そんな失敗をしても、しかし、めげません。その日の修養録に記しています。

残念デタマラナイ。此レモ自分ノ未熟ニ外ナラナイ。ダガ此ノ事ハモウ忘レ今後益々軍務ニ励ム覚悟ナリ。

一路航空決戦へ。

はげしい訓練がつづくなかで、彼は十六歳の誕生日を迎えます。

三月十日（陸軍記念日）

忘レモセジ今日ハ自分ノ生マレタ日デアリ、又明治三八年奉天《ほうてん》ノ会戦デ大勝利ヲ獲《え》タ日デアル。

コノ良キ日ハ陸軍軍人ノ訓練スベキ日トイウノデ日常ノ日課ノ通リ訓練ニ励ム。午前ハ前田少尉殿ヨリ日露戦争当時ノ軍ノ兵制等ヲ聞キ、ソノ日ヲ想イ起シ一層新タナル決意ヲ以テ臨《のぞ》ム覚悟ナリ。

――今日ハ生徒隊ノ兵器検査アリ、自分ハ週番生徒デアルノデ物凄《ものすご》ク忙シク自分ノ事ハ全然出来ズ苦労シタ。ダガ内務班ノ皆ガ皆此ノ様ナ忙シイ事ヲシテ来タノダト思ウト何ノソノ、戦友ノ為ニハ出来ルダケ尽スツモリナリ。

今日ハ陸軍記念日、朗ラカニ一日ヲ終リ明日ヘノ訓練ニ備エテ床ニ入ル。

日露戦争（一九〇四―〇五年）は、日本が帝政ロシアと、満州（中国東北部）、朝鮮の制覇を争った戦争です。明治三十八年（一九〇五）、奉天（中国・瀋陽《しんよう》の旧名）の大会戦で大勝利をおさめた日、三月十日はわが国の「陸軍記念日」とされていました。

荒木幸雄少年は、奇《く》しくも軍国日本の戦勝を祝う記念日に生まれたのです。彼に限らず、軍国日本に生まれた男の子は、戦場に出て戦うことを宿命づけられていました。「一路航空決戦へ」と修養録に記しているように、幸雄少年は少年飛行兵として戦う日が来ることを覚悟しています。

しかし、彼は、初陣《ういじん》の日に、爆弾を抱いた機で敵に体当たり攻撃する「特攻作戦」で死の出撃をすることになるとは、まったく予想しなかったはずです。
なぜなら、日本軍が強行した特攻作戦は、世界の戦史上にかつてなかったことです。この年に入って、戦局は急速に悪化していきますが、「神風《しんぷう》特別攻撃隊」で知られる初の「航空特攻」が始まるのは、彼が十六歳の誕生日を迎えて七カ月後のことなのです
(注・昭和十九年三月、軍の中央、参謀本部は「艦船に対する体当たり戦法」を採用することもやむなしと決意しました。もとより、それは軍の最高機密でした)。

甘木生徒隊における最後の日曜日。彼らは外出を許されました。

三月十九日(日)晴
午前七時カラ分列行進ノ予行ヲヤッタ。大分上手ニナッタトイウノデ外出ガ許サレタ。生徒隊ニ居ルノモ最後、外出モ此レガ終リナノデ喜ンデ甘木町へ行ク。ブラブラト午前中ハ町ヲ歩キ、午後ハ「イコイ(憩《いこ》い)ノ家」へ遊ビニ行ク。畳《たたみ》ニ蓄音機《ちくおんき》、小説ト自分ノ好キナモノバカリ並ンデイタ。ユックリト五時頃迄遊ビ、此レガ最後ノ外出ヲ終エテ帰ル。

彼らはレコードで音楽を聴いたり、小説を読んだりすることさえ、普段はできなかったのです。ガールフレンドと交際する機会など、もちろん、ありませんでした。そういうことが、今日の少年たちは想像できるでしょうか――。

昭和十九年三月二十一日、荒木幸雄、大刀洗陸軍飛行学校甘木生徒隊を卒業――。少年飛行兵十五期乙種生徒の卒業式で、彼は、成績、技量、生活態度の優秀な者に授けられる最高の「航空総監賞」を受けました。

彼は、航空総監賞の懐中時計を、のちに桐生の父に贈ります。

生徒隊の二千余名は卒業式後、ただちに大刀洗本校教育隊のほか、知覧《ちらん》教育隊、熊本教育隊、目達原《めたばる》教育隊、京城《けいじょう》教育隊など、十三の大刀洗陸軍飛行学校の分校となっている教育隊へ配属されました。

荒木幸雄ら第三中隊全員と第二中隊の一部からなるおよそ二百五十名は、即日、甘木の西南西三十数キロにある目達原陸軍飛行場の目達原教育隊へと列車で向かいました。

三月二十二日（水）晴

入隊後初メテノ朝ヲ迎エル。コレカラガ我々ノ活動スル時期ガ来タノダ。

午後ハ初メテ飛行場へ行ク。我々ノ必要ナル飛行機ノ取扱法ナドヲ修《なら》ッタ。自分モコレカラ飛行機ニ乗ルノダト思イ胸ガスクヨウニ嬉シクテタマラナカッタ。

三月二十七日、目達原教育隊で、少年飛行兵十五期操縦課程入隊式が行われます。彼らは異例の早さで少年飛行兵に採用され、陸軍上等兵になりました。二等兵、一等兵を飛び越えて――。

少年飛行兵、荒木幸雄。壮絶な戦いの空へ、限りある十四カ月の猛訓練の日々が始まります。

「光陰《こういん》矢のごとし――」

脊振山《せふりさん》（標高一〇五五メートル）の南にひろがる佐賀平野に、目達原《めたばる》陸軍飛行場はありました。

戦局の急迫に備えて、昭和十八年、佐賀県神埼《かんざき》郡三田川《みたがわ》町目達原の周辺の農地に急造された飛行場です。ここには練習機だけでなく、実戦機も配備されていました。

ちなみに、鳥栖《とす》の小学校でピアノソナタ「月光」を弾いた特攻隊員たちは、「学徒出陣」した陸軍特別操縦見習士官で、目達原にあった第十一錬成《れんせい》飛行隊に所属していました。

荒木幸雄ら目達原教育隊の第一区隊の少年飛行兵たちは、四式基本練習機・ユングマンで、実際に飛行機を操縦して飛ぶ訓練に入ります。ユングマンはドイツ生まれの単発・複葉・二人乗りの初歩練習機で、日本陸海軍が採用していたいまひとつの赤トンボです。

彼らは、これから四カ月で、飛行機の基本操縦を完全に身につけなければなりません。次には、高等練習機や実戦機で、空中戦や爆撃などの戦技を学ばなければならないのですから。

すでに滑空機の段階でついていけず、これまでにもう数人の脱落者や操縦以外へ転出させられる者が出ていました。

これからは、一段と難しくなります。飛行機の操縦では、失敗は成功の基などとは言っておられません。失敗は死につながります。

三月二十三日（木）晴

九時頃ヨリ飛行場ニ集合、飛行服ヲ着テ飛行機ニ乗ル訓練ヲスル。

幼少ヨリ憧《あこが》レノ的《まと》デアッタアノ堂々タル飛行兵ノ姿ガ、今我々モ遂ニ実現シタノダ。其ノ時ノ気持ハ只嬉シクテタマラナカッタ。
一日モ早ク立派ナ操縦士トナリ国恩ニ報ユルベク努力スル覚悟ナリ。

四月一日、彼は、四式練習機・ユングマンで初めて空を飛びました。前部座席に教官が同乗して――。

何ダカ胸ガビクビクシタガ、イザ離陸シテ見ルト気持チノヨサト言ッタラ他ニ例ノナイ程デアッタ。一日モ早ク単独デ操縦出来ルヨウニ努力スル決心ナリ。

初飛行の感激を、修養録にそう記しています。

〈飛行手簿《しゆぼ》〉〈飛行記録〉

四月一日	操縦感得	二回	二三分	初飛行
三日	水平飛行	二回	一六分	
四日	水平直線飛行	三回	二二分	
五日	上昇及ビ降下	三回	二五分	

六日　水平旋回　　　　一回　一八分
九日　場周離着陸　　　六回　四三分

驚くべき早さで、操縦法を学びます。なにより、離着陸と空中操作に時間をかけます。場周離着陸とは、離陸して上昇し、左旋回して三百メートルの高さで飛行場の周辺を飛び、左旋回して降下し着陸するのです。その間、七、八分――。

緊張を強《し》いられる、はげしい訓練がつづきます。

食べ盛り育ち盛りの十六歳です。四月の金銭出納簿《すいとうぼ》にも少年の食欲の一端がのぞいています。

四月一日／葉書二〇銭、菓子一五銭、ウドン二〇銭、しるこ一〇銭、菓子一〇銭、手帳二〇銭　二日／靴磨三二銭、葉書三〇銭　三日／切手三銭、ウドン一〇銭　四日／ウドン一〇銭　五日／菓子一五銭　六日／菓子一五銭、ウドン二〇銭　八日／菓子七銭、ウドン一〇銭　十一日／菓子一五銭、ウドン一〇銭　十三日／菓子一五銭　一四日／林檎《りんご》八二銭……

といったぐあいです。

日曜日も休みなしです。「航空部隊ニ在リテハ休養等絶対ニナイノデアル。決戦下、航空戦ノ必要ナルトキ日曜ナシノ猛訓練モ当然ノ事デアル」と記しています。

荒木は上達が早く、一カ月後には「単独飛行」をします。教官は同乗せず、ひとりで飛ぶのです。

五月四日（木）晴　風・東二米
待チニ待ッタ単独ノ日ハ来レリ。

天候、気流モ絶好ノ（チャンス）デアル。心ヲ落着ケ搭乗セリ。大体ニ於テ良ク出来タガ、尚一層研究スル必要アリ。

果テシナキ青空ニテ単独ニテ飛行スルノハ真ニ痛快デアル。思ウ存分ノ技倆《ぎりょう》ヲ表ワシテ着陸セリ。

〈飛行手簿〉場周離着陸　一回　一〇分　初単独

早くも、急旋回や8字飛行、反転、蛇行飛行などへと進みます。

五月二十日（土）晴　北東一米
今日ヨリ特殊飛行ヲ開始セリ。最初ノ飛行デアルノデ少シ目ガ回ッタガ、此レ位デ目ガ回ッテハ真ノ操縦者トハ謂《い》エナイ。
午後ノ学課中、突然「防空下令」アリ。決戦ノ秋《とき》、日一日ト油断ナラヌ今日、遂ニ我本土ニモ敵機来襲ガアルノ報ガ飛ンダノダ。学校ノ助教殿モ全部出動準備ヲシテ飛行場ニ走ッテイクノニ我々ハマダ敵機ニ体当タリスル技倆ト精神ガナイノダ。
空襲其ノトキハ第一番ニ飛ビ立チ敵機ニ打ツカルノ気概ト技倆トヲ一日モ早ク向上セネバナラナイノデアル。

四式基本練習機・ユングマンは、機体の長さ六・六メートル、幅七・三メートル、重さ四百八キロという小さな飛行機で、最高速度は時速百八十キロ。今日、よく空を飛んでいるセスナ機よりひとまわり小さく、スピードは新幹線の超特急よりもずっと遅いのです。

荒木は、前部座席の教官の教えに従い、操縦桿《そうじゅうかん》を握り、両足で舵棒《ラダー》を踏んで、初の宙返《ちゅうがえ》りに挑みます。

赤トンボがエンジンを轟《とどろ》かせて、青空へ上昇してゆく。後ろの操縦席に飛行眼鏡をかけた荒木がいます。

高度七百メートル。眼下に佐賀平野の緑の田園地帯が一望にひろがり、南に遠く、陽光を反射して白く見えるのは有明海《ありあけかい》です。上空に白い雲――。

前方の地平線を基に飛行姿勢を確かめる。

「宙返り、操作始めますっ」

「よし!」

伝声管から、教官の声。わずかに機首を下げて突き進む。速度が上がったところで、操縦桿を手前いっぱいに引くと同時にレバーを押してエンジン全開。エンジンがうなりをあげて、ぐーっと機首が上がる。急上昇してゆき、円弧を描いて機は背面になる。ふっと尻が座席から浮き、天と地がくつがえった。操縦桿をいったん中立にして、エンジンを絞ると、機首は地面へ向かい真っ逆さまに落ちはじめる。操縦桿を腹に引きつけると、機首をもたげる。全身につよい重力(G)がかかる。地面が後ろに流れて天地がもとに戻り、前方に水平線が見えてきた。操縦桿を戻し、エンジンを巡航にして水平飛行へ――。

「宙返り、操作終わりましたっ」

「よし。概《おおむ》ねよし!」

次は、単独で宙返りに挑み、さらに上昇反転、錐揉《きりも》みなど特殊飛行を修得していきます。

少年飛行兵たちは操縦を習得するのが早かった、というのは、彼らの教官だった山岡《やまおか》敏成《としなり》さん（当時、少尉。のち広島県三次《みよし》市在住）です。

「なかでも、荒木君は操縦が上手《うま》く、もう抜群でしたよ。にこやかで、ひとなつっこい、いい男でね。特攻に出ていった者はみな、操縦技術が上手かった……」

荒木幸雄とともに操縦を学んだ深江正彦《ふかえまさひこ》さん、菊池乙夫《きくちつぎお》さん、桑原孝次《くわはらこうじ》さんたちはみな、荒木幸雄は操縦が上手かった、といいます。

操縦訓練は六人が一班となって、交替で飛びました。

上空で訓練する赤トンボの姿を、地上のピスト（待機所）から見上げる少年飛行兵たちは、赤トンボの飛翔する姿を目で追いつつ、自分がその操縦桿を握っているつもりでイメージ・トレーニングをしました。

ある日、飛行の順番待ちでピストの長椅子にかけて、空を見上げていた荒木幸雄は、仲間につぶやくように、こう本心を洩《も》らします。

「できたら、おれ、工業専門学校に行って、航空技術者になりたいんだ」

同じ隊にいた宇野禄《うのろく》さん（のち大阪府堺《さかい》市在住）が聞いています。

ひたすら、大空の戦場へ翔《か》けて征《ゆ》こうとしている少年にも、別の夢があったのです。

世が平和であれば果たせたかもしれない、エンジニアとして空にえがく夢が——。


荒木幸雄の修養録の次の記述に、私は思わず見入りました。

五月二十六日（金）雨　南西一米
光陰《こういん》矢ノ如シ　一寸ノ光陰軽ンズベカラズ
俺達ノ毎日ハ此レナノデアル。極メテ短期間デアル故ニ一分一秒タリトモ絶対ニ遊バズニ勉強スル覚悟ナリ。

父、丑次《うしじ》さん宛てに出した、二十七日消印の郵便はがきの文面は、「小生も彼《か》の決戦場へ参加するのも間近です」という一文で結ばれています。

それから、ちょうど一年後の五月二十七日（海軍記念日）、荒木幸雄少年は沖縄の海へ特攻出撃する運命にあります。

彼は、なにか予感するものがあったのでしょうか――。

「光陰矢ノ如シ」とは、よくいうことばです。月日はあっという間に矢のように過ぎ去っていく。まさにそうだと思います。

しかし、私は考えます。私たちはいま、限りあるいのちを生きながら、平和な日常に流されて、一日を、いっときを、ないがしろにしていないだろうか。平和な、自由な日々のありがたさを忘れて――。

五月のある日、朝鮮・平壌《へいじょう》の教育飛行隊からひとりの中尉が来て、飛行の技量審査が行われました。

区隊長の指名で、荒木幸雄が飛びます。その飛行ぶりを見て技量優秀と見込んだ中尉は、

「軽爆分科のわが隊に是非ほしい」

と区隊長に懇望《こんもう》した――。

ピストにいてその場を見た、はっきりおぼえている、と宇野禄さんが伝えています

（前述・兄、精一《せいいち》さんへの手紙）。

その要望が入れられたのかどうか、実情はよくわかりません。

「ともかくも、その中尉と幸雄は運命的に出会ったというべきでしょうか」

と兄、精一さんは述べています。

荒木幸雄は、その中尉――佐藤睦男《さとうむつお》中尉（平壌教育飛行隊・中隊長）のもとに配属されることになります。

佐藤中尉は襲撃機隊を率いて、のちに、特攻隊第七十二振武隊の隊長となるひとです。

少年飛行兵たちは、操縦技量や適性によって、「戦闘」「爆撃（軽爆、襲撃を含む）」「偵察」の三つの分科に分けられることになっていました。

彼らは、戦闘機乗りがパイロットの花形だと考えていました。一方、一機に何人も搭乗する爆撃機は、特に腕のいいパイロットが要求されていました。

荒木幸雄は、戦闘の分科を希望していましたが、爆撃の分科に配属されました。そして、襲撃機に乗ることが決まったのです。

六月七日（水）晴　南西三米
本日ハ分科発表アリ。
希望分科ニ行ケズシテ軽爆ニ決定セリ。

何トイッテヨイカ、残念々々デタマラナイ。多年ノ希望瞬時ニ消ユ。

ダガ此レニ固執セズ、一路新分科ニ向ッテ専心勉強スル覚悟ナリ。


戦局は日増しに悪くなっていました。

中部太平洋のマキン、タラワ、クエゼリン、ルオットなどの島々で日本軍が相次いで全滅しました。ニューギニアでも敗退がつづきます。次に、米軍は大反攻の矛先《ほこさき》を、日本本土防衛の要《かなめ》とされたサイパン島の攻略へ向け、さらに、南方から石油や鉄など軍需物資を日本本土へ輸送するルートを断つため、フィリピンの奪回をめざします。

六月十五日、米軍の最新鋭長距離超重爆撃機、ボーイングB29「超・空の要塞《スーパー・フォートレス》」の編隊が、日本本土を襲います。中国奥地の成都《せいと》から発進した三十数機が、八幡《やはた》製鉄の爆撃を狙《ねら》って北九州に来襲したのです。

荒木幸雄がいる目達原《めたばる》基地にも、空襲警報のサイレンが鳴り響きました。

この日、米軍の空母十五隻（艦載機八百九十一機）を基幹とする第五十八機動部隊に守られた大攻略部隊が、サイパン島に上陸します。

そこで、日本海軍の第一機動艦隊がフィリピンから決戦を挑んで出撃しますが、マリアナ沖海戦で、圧倒的な数の米軍戦闘機と新開発の対空砲弾（VT信管装着）によって、三百九十五機を失い、さらに空母三隻を撃沈されて、大敗します。

このことが、四カ月後に、フィリピン戦線で初の「航空特攻」（第一次神風《しんぷう》特別攻撃隊）を生むことにつながります。

七月七日、サイパン島の日本守備隊は多くの日本人住民とともに三万人が全滅しました。

サイパン島、さらにテニアン島が米軍の手に陥《お》ちて、このマリアナの島々を基地とするB29長距離超重爆撃機の日本本土爆撃は必至の状況となりました。

戦局が急速に敗色を深めていくなか、少年飛行兵、荒木幸雄は、「国を護《まも》るために自分たち若者が征《ゆ》かなければならない」という使命感をつよめ、操縦訓練に励みます。

少年の日々を翔《か》けて、さながら、生き急ぎ、死に急ぐかのように——。


戦局モ益々熾烈《しれつ》トナッテイク。

我等此ノ決戦ノ大空へ飛翔スルノモ接近セリ。


六月二十一日付のこの記述のあと、修養録がほぼ六カ月にわたって失われ、欠落しています。

七月十八日の編隊飛行で、目達原教育隊での飛行訓練を終わりました。飛行時間は、同乗三十一時間二分、単独四時間三十五分、合計三十五時間三十七分——。

目達原教育隊での大刀洗《たちあらい》陸軍飛行学校卒業の日、荒木幸雄ら三人に航空総監賞が授与されました。彼は二度も最高の栄誉を受けたのです。異例のことです。

「よほど優秀な男だったのだろう」

と『陸軍少年飛行兵　特攻までの記録』（菊池乙夫《きくちつぎお》、横山孝三《よこやまこうぞう》著、三心堂出版社）に記されています。横山孝三さん（のち福島県須賀川《すかがわ》市在住）から、兄、精一さんに寄せられた手紙にはこうあります。

「（暇なとき、われわれは）その辺の少年と同じく遊びほうけていました。相変わらず、子供にかえって走りまわっておりました。彼は足が速く、兵舎をまわるリレー競技とか、早駆けなんかは、ひとり舞台とまではいかなくとも、今でも印象に残っています。総監賞を二回受賞しただけでも凄《すご》いと思うが、自慢する風もなく、結構皆に好かれていました。性格は気さくな、自然児でした」

七月二十三日、荒木幸雄は急遽《きゅうきょ》、目達原を発《た》ちます。

父、丑次さん宛て　郵便はがき（七月二十四日消印）

酷暑の候

父母様始め弟達も相変らず元気の事と思います。

幸雄も――無事卒業致し〇〇へ――ることとなって居ります。

先日の電報は〇〇へ行くまで余裕があるので出したのですが、本日突然命令来り

直ちに出発することになりまして。

父母様にも充分御身体に注意せられ、職務に奮励せんことを祈ります。

弟達にも一生懸命勉強し立派な国民となるようくれぐれも教育の程御願いします。

左《さ》夜《よ》奈《な》良《ら》

傍線の部分は、判読できません。検閲で消されています。

荒木幸雄は、当時、日本に併合されていた朝鮮の、平壌にある第百一部隊、第十三教育飛行隊へ向かったのでした。

襲撃機操縦員となる訓練を受けるために――。

第三章 空は戦火に燃えて

九九式襲撃機に乗る

戦闘機や爆撃機、偵察機という飛行機は知っていても、襲撃機とは聞いたことがない、というひとも多いのではないでしょうか――。

少年飛行兵、荒木幸雄が乗ることになる「陸軍九九式襲撃機」は、昭和十四年（一九三九）に登場した軽爆撃機と戦闘機の中間をゆくものでした。

複座（二人乗り）の単発機で、二百キロ（五十キロ×四発）の爆弾を搭載できました。低空での運動性にすぐれていて、操縦がしやすく、地上部隊と協同して戦う対地攻撃機として、敵飛行場の急降下爆撃や、戦車を超低空で攻撃するのに向いた高性能機でした。

しかし、飛行中に脚を引き込めない固定脚で、最高速度が時速四百二十五キロというスピードの出ない機でしたから、敵の戦闘機の攻撃を防ぐには弱い機でした。

対する米軍の新鋭主力戦闘機のグラマンF6Fヘルキャットは、二千馬力の強力なエンジンで最高速度六百五キロ。十二・七ミリ機銃六梃《ちょう》を備えた重戦闘機でした。

九九式襲撃機は大戦半ばには損害が多くなり、もはや時代遅れの旧型機になっていました。千五百機近くも作られましたが、多くの機が特攻機として使われることになるのです。

朝鮮・平壌の朝鮮第百一部隊、第十三教育飛行隊に着いた荒木幸雄は、その第二中隊、第三班に配属されました。

第二中隊長は、さきに目達原《めたばる》で、荒木を技量優秀と見込んだ佐藤睦男《さとうむつお》中尉（航空士官学校五十六期）です。第三班（三十二名）を指導する内務班長は犬童国信《いぬどうくにのぶ》軍曹（少年飛行兵八期）、第四班の内務班長は西川信義《にしかわのぶよし》軍曹（少年飛行兵八期）でした。

このとき、第十三教育飛行隊に入隊した少年飛行兵は、百二十数名。入校が一年早い十五期甲の組と荒木たち十五期乙の組が一緒になり、数はほぼ半々でした。

短期養成の十五期乙の少年飛行兵たちは、前期の組に追いついたばかりか、彼らは高等練習機の教程を飛び越えて、いきなり、実戦機の九九式襲撃機（九九襲）の飛行訓練に取り組むことになるのです。

荒木幸雄の〈飛行手簿〉

九九式九〇〇馬力　九九式襲撃機

八月五日　慣熟飛行　一回　三三分　初飛行

そして、早くもその十日後、十六歳の少年飛行兵は、実戦機の九九式襲撃機で単独飛行をやってのけます。

〈飛行手簿〉

八月十五日　場周離着陸　一回　一四分　［初単独］（赤文字）

この時期は修養録が失われて欠落していますが、桐生《きりゅう》の父、丑次《うしじ》さんに宛てた手紙があります。

郵便はがき（八月十八日配達）

朝鮮平壌府　朝鮮第一〇一部隊　佐藤隊　荒木幸雄

拝啓

永く御無信に打過ぎ申訳ありません。

其後父母様外《ほか》弟達も元気の事と思います。

下りて幸雄も元気で

表記部隊に転属し愈々《いよいよ》敵必墜《ひっつい》の戦技を錬磨《れんま》しています。

父母様にもどうぞ御身体を大切に銃後《じゅうご》奉公に邁進の程切に祈ります。

弟達も宜敷《よろし》く。

敬具

傍線の部分は検閲で消されています。

九月、十月と、編隊飛行訓練から、射撃、爆撃の訓練へと進みます。単独飛行での標的射撃、爆撃照準、さらに小隊戦闘と訓練は一気に高度になっていきます。

十月一日、荒木幸雄、陸軍兵長に進級——。

この月、日本軍はフィリピン戦線で、世界戦史上に類例のない「特攻作戦」を開始します。

「特攻作戦」始まる

日本軍の占領下にあるフィリピンの奪回をめざす米軍の大艦隊《かんたい》が、南東部のレイテ島沖に押し寄せ、十月二十日、猛烈な砲爆撃を加えつつ、十余万人の大部隊がレイテ島に上陸してきました。

上陸部隊の輸送船団は、艦隊・機動部隊の空母のべ四十四隻（中型の護衛空母、巡洋艦改造空母を含む）、戦艦のべ十二隻、そのほか巡洋艦、駆逐艦、魚雷艇など二百数十隻に支援されていました。

上陸部隊を撃退するには、敵艦隊・機動部隊の動きを阻止しなければなりません。しかし、さきのマリアナ沖海戦で大敗した日本軍の艦隊は、打って出るには軍艦も航空機も米軍と比べようもなく少なく、空母にいたっては米軍の十分の一の劣勢でした。空母艦載機は百機にも満たないものでした。

陸上基地の陸海軍航空隊にも、フィリピンの東の海にいる米軍機動艦隊を撃退する戦力はありませんでした。

このままでは、レイテ島の日本軍守備隊が全滅するばかりか、フィリピンにいる日本軍が壊滅に追い込まれ、ひいては、本土への石油輸送の命脈を断たれることにもなります。

そこで、日本海軍の主力艦隊の戦艦九隻、巡洋艦十九隻、駆逐艦三十四隻、潜水艦十三隻、そして空母四隻が、捨て身でレイテ湾に突入し、米軍艦隊に決戦を挑むことになりました。

しかし、まともにいっては、圧倒的な数の米軍艦載機の猛攻を受けて、日本軍機は撃墜され、日本軍艦隊は米軍艦隊と戦う前に、航空攻撃で壊滅的な打撃を受けることになります。マリアナ沖海戦で大敗した前例があります。

日本軍は、なんとしても、まず米軍艦載機の動きを抑え込まなければなりませんでした。

そこで、起死回生《きしかいせい》の策として、米軍空母を撃沈することはできなくても飛行甲板を破壊して、一時的にも艦載機が離発着できないようにする戦術を敢行することになりました。爆弾を搭載した戦闘機を体当たりさせる「特攻作戦」です。

米軍の空母艦載機の動きが弱まったときに乗じて、主力艦隊がレイテ湾に突入し、米軍艦隊を撃破しようというのです。

爆弾を抱いた飛行機で敵艦に体当たりしていくパイロットは、絶対に死をまぬかれません。世界の戦史上、かつてない作戦です。

しかし、そのほかに策なし、と軍は判断しました。

第一航空艦隊司令長官、大西瀧治郎《おおにしたきじろう》中将は、ついに、「神風《しんぷう》特別攻撃隊」の出撃を命じました。

十月二十五日、神風特別攻撃隊のさきがけとなって、敷島《しきしま》隊の五機の零戦《れいせん》（零式艦上戦闘機・ゼロセンとも呼ぶ）が二百五十キロ爆弾を抱いて出撃しました。搭乗したのは、関行男《せきゆきお》大尉以下五名のいずれも二十歳前後の若いパイロットたちです。

彼らはルソン島のマバラカット基地から飛びたち、レイテの東の海で米軍空母機動部隊を発見して、果敢に突入していきました。

そして、護衛空母一隻を撃沈し、二隻を撃破したのです。

この日――。敷島隊につづく大和隊、朝日隊、山桜隊、菊水《きくすい》隊、若桜隊、彗星《すいせい》隊の零戦十六機、艦上爆撃機彗星一機が、米軍機動部隊に突入しました。

日本軍の主力艦隊のレイテ湾突入は、連携がうまくいかず成功しませんでした。しかし、特攻攻撃は驚くべき戦果をあげたのです。

十月二十八日、海軍省は、神風特別攻撃隊・敷島隊が体当たり攻撃したことを公表しました。海軍大尉関行男ら五名の働きに関して、連合艦隊司令長官は「全軍布告」を発して、その功績をたたえ、こう記しています。


神風特別攻撃隊敷島隊員として、昭和十九年十月二十五日〇〇時スルアン島の〇〇度〇〇海里《カイリ》において中型航空母艦四隻を基幹とする敵艦隊の一群を捕捉するや必死必中の体当り攻撃をもって航空母艦一隻を撃沈、同一隻炎上撃破、巡洋艦一隻轟沈の戦果を収め悠久《ゆうきゅう》の大義に殉《じゅん》ず、万世に燦《さん》たり――

翌二十九日付の新聞は、大見出しで報じました。

身を捨てて国を救ふ
崇高極致《すうこうきょくち》の戦法
中外に比類なき攻撃隊

身をもって神風《かみかぜ》となり、皇国悠久の大義に生きる神風特別攻撃隊五神鷲《かみわし》の壮挙《そうきょ》は、戦局の帰趨《きすう》岐《わか》れんとする決戦段階に処して、身を捨てて国を救わんとする皇軍の精粋である。——

神風隊はかねて決戦に殉ぜんことを期して隊を編成し、護国の神と散る日を覚悟して猛訓練を積んだものである。勢《いきおい》に余って死するは或《あるい》は易《やす》い。しかし平常死する日を期してひたすら訓練に励むがごとき、果して神ならざるもののなしうるところであろうか。

（『朝日新聞』）

神風特別攻撃隊、体当たり敢行のニュースは、日本中を驚かせました。そして、感泣させ、熱狂させせました。

敗色濃い報《しら》せがつづいていたときだけに、その戦果は日本人を奮い立たせ、一気に戦意を高揚させました。同時に、体当たりもやむなしとする深刻な事態に至っていることを国民に知らせ、国をあげての決戦の覚悟を求めるものでした。

特攻戦死者は、二階級特別進級しました。そして、世に「軍神」とあがめられ、たたえられるようになります。


神風特別攻撃隊の初の特攻攻撃が予想以上の戦果をあげたことから、軍は、第二次神風特別攻撃隊、第三次神風特別攻撃隊と、特攻作戦を続行しました。

空母の飛行甲板を破壊するために始まった体当たりが、いつしか、「一機一艦撃沈」を狙《ねら》ったものに変わりました。

陸軍も特攻作戦を敢行することになり、本土で特攻隊を急ぎ編成して、フィリピン戦線へ送り出します。


ちなみに、本書の第一章――。朗読劇の桐生公演の第一部で、その遺書が朗読された井樋太郎《いびたろう》陸軍少尉が属した石腸隊《せきちようたい》（八紘《はつこう》隊第六隊）は、千葉県の銚子《ちようし》で、十八名で編成された陸軍の特攻隊です。

石腸隊は十一月八日、五百キロ爆弾を積めるように改造した九九式襲撃機でフィリピンへ向かいました。
井樋少尉は、十二月十二日、レイテ島の西方洋上の米軍艦船に突入して戦死しました。享年《きょうねん》二十一。戦死後、大尉に昇進しています。
朝鮮・平壌で猛訓練中の少年飛行兵、荒木幸雄は、「特攻、始まる」と知って、どう思ったでしょうか。いまとなっては、確かめようがありません。桐生へ書き送った便りに、「特別攻撃隊」の文字が出てきます。彼の考えと日常の思いの一端を推しはかることができます。

父、丑次《うしじ》さん宛て　郵便はがき（十二月二十日配達）
御両親様始め弟達も御壮健にて御暮しの事と思います。
幸雄も北方の酷寒《こっかん》もものかはと猛訓練に勉励して居ります故何卒《なにとぞ》御休心下さい。
大東亜決戦も熾烈《しれつ》さを加え、一大国難に際会致しましたとき、特別攻撃隊等の諸先輩に引続き愈々《いよいよ》皇国の為奮励する覚悟です。

弟、康好《やすよし》さん宛て　封書（二十年一月二十日配達）

先日は御手紙ありがとう。

昭和貮拾《にじゅう》年の新春を迎え元気で通学の由何よりだ。

兄も相変らず元気で軍務に勉励している故安心してくれ。

大東亜決戦もいよいよ熾烈を加え、レイテ島の勝敗は国家が起《た》つか、亡《ほろ》びるかの時機だ。

此の事をよく理解して「撃ちてし止まむ《ん》」の精神で学務に又身体の錬磨向上に務めよ。

そして一日も早く強健なる体力となり兄に続いて来い。

米英に最後の鉄槌《てっつい》を下すのは真に御前達だ。

康好はよく弟の模範となり、よく教え、且《かつ》よく遊び、父母様に心配を掛けるな。

義夫、邦起《くにかつ》等に宜敷《よろし》く伝えて呉《く》れ。

何しろ寒いから体を大切にせよ。

幸雄兄より

大空を飛ぶことを夢見た少年、荒木幸雄が、飛行学校生徒隊に入ってから、わずかに一年余――。

十六歳にして、実はこの時期、すでに敵艦船を目標に想定した海上の爆撃訓練を始めていました。

急降下、艦船攻撃訓練

朝鮮半島の地図をひらいて、「海州《ヘジュ》」をさがすと、半島を横切る北緯三十八度線の西の端に近い、海に面した地にあります。平壌から南へおよそ百キロ——。

ここに、当時、日本海軍の海州《かいしゅう》飛行場がありました。

十九年十二月半ば、少年飛行兵、荒木幸雄はこの地へ移っています。海上を飛ぶ航法を学び、艦船を攻撃する訓練をするためです。

彼らが操縦する九九式襲撃機は、もともと、陸軍の地上部隊と協同して、敵を攻撃する対地攻撃機でした。海上の艦船を攻撃するために作られた機ではありません。

翌年二月十八日までの二カ月間、彼らは九九式襲撃機を駆《か》って、艦船爆撃の訓練をつづけます。

しかし、「燃料不足のため飛行演習も満足に出来ず」とのちに修養録に書いています。

〈飛行手簿〉二十年一月

七日　回数一　　変針爆撃　　二三分

九日　一　緩降下爆撃　二五分
二〇日　一　超低空爆撃　二五分
二一日　一　跳《ちょう》飛《ひ》爆撃予行　一八分
二三日　一　艦船爆撃予行　二八分
二四日　一　艦船爆撃予行　三四分
二五日　一　艦船爆撃予行　三一分
二六日　一　艦船爆撃予行　二四分
二七日　一　艦船爆撃予行　二九分
二八日　一　艦船爆撃予行　三三分
一月分飛行時間　操縦六時間〇一分　同乗五三分
（八月からの飛行時間は、のべ七六時間〇六分）

さらに二月、彼らは、跳飛爆撃、洋上戦闘、空中戦、単機戦闘（射弾回避など）の訓練にはげみます。

「跳飛爆撃」――跳飛弾攻撃とは、特殊な爆撃法です。これは少し説明しなければなりません。

目標の上空を水平に飛行しながら爆弾を投下する水平爆撃――。

目標に向かって降下角（俯角《ふかく》）四十度で降下してゆき、四、五百メートルの高さで爆弾を投下し、機体を引き起こして飛び去る急降下爆撃――。

それに対して、跳飛弾攻撃はさらに難しいものでした。池の水面に石をつよく水平に投げると、石は水面をなんどか跳《は》ねてとびます。その原理を応用した攻撃法で、爆弾を海面で跳ねさせて、艦船の舷側《げんそく》の喫水線《きっすい》あたりに命中させ、撃沈しようとするものです。

攻撃機は目標に近づくと、千二、三百メートルの高度から急降下して加速してゆき、四百メートルで機体の引き起こしにかかり、海面上十五メートルというような超低空で進んで、目標の四百メートルぐらいまで迫って爆弾を投下。目標の上をかすめるようにして飛び去るのです。


十六歳の少年飛行兵は、どんなふうに操縦桿《そうじゅうかん》を操り、跳飛弾攻撃訓練に挑んだのでしょうか。きっとまなじりを決して気力を奮《ふる》いたたせ、恐怖心にうちかって――。

彼が乗る九九式襲撃機は、胴体の下にコンクリート製の模擬爆弾を抱えています。眼下に青い海がひろがる、高度千二百メートル――。

海上の小さく見える目標を見定めると、彼は操縦桿を倒して反転降下へ――。

機は目標をめざしてぐっと機首を下げる。エンジンの回転をあげると轟々《ごうごう》とうなりをあげて加速し、真っ逆さまに海に突っ込まんばかりに急降下してゆく。加速度がついてぐんぐんスピードがあがり、最高速度を超えて時速六百キロにも。浮力が増して、機首があがりそうになるのを操縦桿を押して抑え込む。

まさに空中分解寸前の猛スピードで、機体は小刻みに振動し、武者ぶるいする。

機は一気に降下して、高度計の針がまわる。高度六百、五百、四百――。彼はぐっと操縦桿を腹に引きつけた。

がーっ、とものすごい重力（G）がかかり、全身がシートに押しつけられる。息がつまる。眼球が飛び出しそうになり、目の前が暗くなった。闇のなかに星が飛んだ。

はっ、と気を取り戻す。機は高度百五十メートルで姿勢を水平に戻したが、なおも惰《だ》性《せい》と重力で沈むように高度を落とす。海面すれすれ。機の向きを目標にあわせる。

目標が前方に迫ってきた。爆弾投下――。

よし。そのまま直進し、目標のマストをかすめるように飛び越える。

上昇してはならない。速度が落ちるところを背後から撃たれる。機首を抑えて超低空を全速力で敵の砲火から離脱する。

体験者の記録や話を総合すると、そのような訓練で、そのきびしさが察せられます。機体の引き起こしのとき、あまりの重力（G）の圧迫で、一瞬、失神したといいます。わずかな引き起こしのタイミングの遅れ。それはそのまま、パイロットの死につながります。

荒木たちの班長、西川信義《にしかわのぶよし》軍曹の記録「生ける特攻　振武第七十二飛行隊員」（『陸軍少年飛行兵史』所載）に、彼らの跳飛弾攻撃の訓練で、一機が海面に墜《お》ちたが、隊員は運よく流氷にはいあがって助かった、と記されています。

急降下爆撃も跳飛弾攻撃も、訓練はまさに目がくらむほどのはげしい、危険なものでした。

のちの記録によると、荒木幸雄は、この間に、体重が二・三キログラム減っています。きびしいとはいえ、それはまだ演習でした。敵の対空砲火はありませんでした。

それからわずかに三カ月後――。

彼らは、敵の対空砲火が撃ちあげる、凄《すさ》まじい弾幕をついて突入し、目標めがけて体当たりしていくことになるのです。

「きみは特攻隊を希望するか」

海州での訓練を終えて、第十三教育飛行隊は平壌に帰りました。

第十三教育飛行隊は、第二十三錬成《れんせい》飛行隊と呼び名が変わり、編成変えになります。

荒木幸雄たちの佐藤隊の編成は変わりません。

二月十八日から、修養録の記録が残されています。ひらがな書きに変わります。

二十年二月十八日（日）晴

○午前　隊長訓話（現時局）

○午後　飛行演習（後側上方予行）

○一日一訓　死生観の確立

戦局も愈々《いよいよ》前古未曾有《みぞう》の決戦段階、即ち国難に際会す。昨日の情報にても敵機動部隊は、本土近海に迫り、又敵艦載機千数百機は関東に来襲し来《きた》る。

此の緊迫する一大時機に我空中勤務者として奉公できるのは、真に武人の面目此の上なし。特攻の精神を以て訓練に内務に勉励せん。敵機来らば敢然此の腕を以て此の襲撃機を操縦して敵に体当たりを敢行し、潔く散華《さんげ》せん。

死生観に透徹し、死して汚名を残さず名誉を後世に残さん。

「一機よく一艦を　屠《ほふ》るの精神」

海州転地訓練より異常なく帰り、元気で百一部隊の朝を迎える。


戦局は急速に悪化していました。

フィリピン戦線では、米軍が一月、ルソン島に上陸。やがて、首都マニラを占領します。日本軍は敗退し、フィリピンは米軍の手に落ちました。

日本本土への進攻をめざす米軍は、二月、サイパン島と東京の中間にある戦略上重要な島、硫黄《いおう》島に上陸してきます。輸送船団は五百隻からなる大部隊です。

荒木幸雄の修養録にあるように、米軍の空母機動部隊が本土近海まで迫り、二月十六、十七の両日、のべ一千数百機の艦載機が、関東地方の航空基地を空襲しました。

それは、十九日に始まる米軍の硫黄島上陸作戦の前触れでした。

これより先、昭和十九年十一月から、日本本土の大都市は、サイパン島、テニアン島などのマリアナ基地から飛んでくる米軍B29超重爆撃機の大編隊の爆撃を受けるようになっていました。

ちなみに、B29大編隊九十四機による最初の東京空襲は、十一月二十四日、戦闘機などを作っていた東京都北多摩郡武蔵野町《きたたまぐんむさしのまち》（現在、武蔵野市）の中島飛行機武蔵製作所の爆撃を狙《ねら》ったものでした。二十年二月十日には、群馬県新田郡太田町《にったぐんおおたまち》（現在、太田市）の中島飛行機太田製作所がB29八十四機によって爆撃されました。

太田町は、荒木幸雄が生まれた桐生市《きりゅうし》の南にある隣町《となりまち》です。郷土でも、米軍の空襲で多くの犠牲者が出ていることを、彼はどんな思いで伝え聞いたでしょうか――。

B29の本土空襲は連日のようにつづきます。

三月九日深夜、B29およそ三百機からなる大編隊が、東京を襲い、下町一帯に焼夷弾《しょういだん》を雨のように投下します。街はたちまち火の海になり、火に囲まれた市民十万人が一夜にして焼け死にました。

焼夷弾とは、ひとを焼き殺したり、都市や建造物を炎上させるための爆弾です。この夜、投下されたのは百万発。この無差別爆撃で、非戦闘員の婦女子を含む二十一万人が死傷、百万人が家を失いました。

硫黄島の日米の戦闘は、砲爆撃で島の山容が変わるほど激しいものでした。日本軍守備隊は、圧倒的な物量を誇る米軍の大部隊と戦い、孤軍よく孤島を守って一カ月近く戦い抜きます。

それを援《たす》けようと二月二十一日、硫黄島周辺の海にいる米軍機動部隊に対して、千葉県の香取《かとり》基地から飛びたった神風《しんぷう》特別攻撃隊第二御盾《みたて》隊（四十五名）の二十三機の特攻機が突入し、空母を撃沈するなどの戦果をあげています。
海中の特攻――人間魚雷として知られる「回天《かいてん》」を乗せた潜水艦三隻も、硫黄島へ向けて出撃しましたが、その戦果は不明です。
日本軍守備隊はついに弾薬が尽き、三月十七日、米軍の降伏勧告を拒んで総攻撃を敢行し、玉砕（全滅）。二万百二十九名（軍属の島民八十二名を含む）が戦死しました。
開戦から三年余――。日本は、そんな緊迫した状況に追い込まれていたのです。

荒木幸雄が平壌に帰ってほどなく、第二十三錬成飛行隊の部隊長（西ケ谷武正《にしがやたけまさ》少佐）が少年飛行兵たちを前に「わが隊で特攻隊を編成する」と告げ、特攻隊員をつのる訓示をしました。
そのときのことを、少年飛行兵だったひとが、のちに兄の荒木精一《せいいち》さんに手紙でこう伝えています。
「（訓示のあと）隊員の選出は、訓練生一人ひとり中隊長室に呼ばれて、意思を確認されました。ほとんどの者が特攻隊員を希望したはずです」（上野辰熊《うえのたつくま》さんの手紙）
きみは特攻隊を希望するか――。

そう問われて、荒木幸雄は、きっと「希望します」と応《こた》えたに違いありません。

そのことについて、彼は修養録になにも記述していません。

班長だった西川信義軍曹（故人）は、戦後、桐生を訪ねて、生前の父、丑次《うしじ》さんにこう洩《も》らしました。

「私の班の全員が、特攻隊員を希望します、と申し出たと聞いて、私は泣きました。しかし、うれしかった。私も特攻隊員を志望しました。そういう状況にあったのです」

特攻について論じられるとき、いまも問題になるのが、「特攻は、隊員の自発的な意思による志願であったか、上からの命令だったのか」ということです。この問題は、説明を加える必要があるでしょう。

これは、ひとことで言い切れない複雑な様相をおびています。それが、いつ、どこで、どの隊、どの指揮官のもと、どのような戦況下でなされたかによって、さまざまです。

陸軍航空の沖縄特攻を指揮した第六航空軍司令官、菅原道大《すがわらみちひろ》中将が、戦後、次のように回想しています。

「志願制を立て前とする中央部と、指示の部隊を編成せねばならぬ部隊長の間に処する幕僚《ばくりょう》の言動など、各隊各様の状態を生じたであろう。

志願者採用の方法も、全員に布告して、『志願者は一歩前進』という方法もあれば、中隊長が一名ずつ呼んで確かめるのもある。関係者を一室に集めて記名投票させるもの、志望のうえに更に熱望の欄を設ける等さまざまであったようである。

いずれの場合も選考に当たっては、家庭事情を十分に考慮するのは一般であった。

この際、隊内に聞こえるように、また聞こえないように兵員の私語『誰々は特攻を志願しないそうだ。臆病《おくびょう》な奴だ』『某は特攻志願で張り切っている』等々、内務班や廊下の立ち話しに囁《ささや》かれたことであろう。このような有形無形の雰囲気の中で起居する関係者は少なからぬ圧迫を感じたことであろう」（防衛庁防衛研修所戦史室編、戦史叢書『沖縄・台湾・硫黄島方面　陸軍航空作戦』、朝雲新聞社）

私が体験者から聞いた話の多くは、熱望す、希望す、希望せずの三つから選び、与えられた用紙に記入して上官《じょうかん》に提出した、というものでした。ほとんど全員が、その場の空気で、熱望す、と書いて出したといいます。

ある隊でのこと――。隊員のなかに、希望せず、と書いて出した者がいた。すると、隊長はいった。

「わが隊は、熱望す、というような優秀な者は最後の大事なときのために必要だ。希望せず、と書いたものから出ていってもらう」

と――。現場では、さまざまでした。いずれにせよ、みな、特攻を志願せざるをえない状況に置かれていたのです。

日本の旧憲法では、軍の統帥権《とうすいけん》は天皇にあると定められていました。天皇は軍を指揮、統率する最高指揮官であり、最高位の「大元帥《だいげんすい》」でした。軍の決定は、天皇の裁可《さいか》なしにはできませんでした。

「上官の命《めい》は天皇陛下の命と思え」と、私たちは国民学校のころから教えられ、国民はみな天皇陛下の赤子《せきし》であると諭《さと》されました。

特攻作戦は、パイロットを飛行機もろとも敵艦に体当たりさせるものです。パイロットは百パーセント、生還できません。そんなパイロットに死を強《し》いるような作戦を、天皇の名において命令することはできない。しかし、戦況の急迫で、現地部隊がやむにやまれず志願してやったこと、として特攻を決行する。そう軍の中央は決めたのです。

ですから、特攻は、志願が建前でした。

しかし、志願であったとしても、特攻出撃、敵への突入は、軍の命令によってなされました。

特攻志願者のなかから特攻隊員を選出するにあたって、長男や一人息子、母ひとりの者などは後にまわされた、といいます。しかし、一人息子でも特攻隊員に指名されたひとは少なくありません。

五人兄弟の次男として生を受けた荒木幸雄は、特攻隊からはずされる条件はありませんでした。特攻隊員は志願者のうち、まず技量優秀の者から選ばれました。特攻攻撃が極めて困難なものだったからです。

特攻隊を志願したことを、荒木幸雄は一切、桐生の両親に知らせていません。

三月十日、彼は十七歳の誕生日を、――最後の誕生日を迎えます。

三月十日（土）晴
○午前　通信学
○午後　飛行演習
　陸軍記念日（小生の誕生日なり）
○一日一訓　　即時実行
　戦下、第四〇回の（陸軍）記念日を迎う。今日の意義ある日をきっかけに益々本務に励み、一機一艦を屠《ほふ》る操縦者となる覚悟なり。実行は任務完遂の要素なり、上官の命令は謹《つつし》んで之《これ》を守り、直ちに之を行わねばならぬ。

一機一艦を屠る操縦者――。特攻隊員となる覚悟であることを、彼は書きしるしています。

この時期に、荒木幸雄は伍長に進級しました。下士官になったのです。

彼らは、一日一日が猛烈に忙しくなります。

三月十六日（金）
毎日々々の多忙さに
日記を書く暇なし

このあと、五月十七日まで修養録の記述はありません。

軍は、米軍の上陸作戦部隊が沖縄に攻めてくる日は近い、と判断していました。

来《きた》るべき沖縄決戦に備えて、南西諸島防衛の「天一号《てんいちごう》作戦」という特攻作戦を準備し、各地に特攻隊を編成します。

三月十八日未明、九州南東洋上に米軍の大機動部隊が進出してきました。艦載機が九州や四国の航空基地を襲います。

海軍航空隊（第五航空艦隊）は、鹿児島県の第一・第二国分《こくぶ》基地（現在の鹿児島空港）から菊水部隊彗星《すいせい》隊を出撃させます。艦上爆撃機彗星十九機、零戦《れいせん》五機（四十一名）の特攻機が、米軍機動部隊に突入しました。

出撃は二十一日までつづき、鹿屋《かのや》、出水《いずみ》、宮崎、大分など各基地から出た特攻機のべ百十五機（三百二十四名）が、突入を敢行《かんこう》しました。このなかには、有翼の人間爆弾というべき特攻専用機「桜花《おうか》」十五機（十五名）が含まれています。

これが、沖縄決戦の始まりでした。

米軍機動部隊はいったん南へ引き返しますが、二十四日には沖縄本島に対して激しい艦砲射撃を始めます。そして、二十六日、米軍の上陸部隊の大軍が、沖縄本島の那覇《なは》の西、約四十キロにある慶良間《けらま》列島に上陸してきました。

日本軍は、ただちに「天一号作戦」を発動しました。ついに、沖縄で全軍特攻作戦が始まったのです。

記録によれば、沖縄攻略をめざす上陸部隊は十八万二千名。艦船は戦艦二十隻、空母十九隻を中心とする軍艦、輸送船など千三百隻。兵員の総数は、五十四万八千名――。
沖縄のまわりの海は、米軍艦船の黒い影でおおわれました。
四月一日、米軍は沖縄本島に上陸を開始します。

戦争はとどめようもなく、日本は破局へ向かい、時の歯車が音をたてて命運の日々を刻んでゆきます――。

第四章

ああ、特攻　十七歳の春

ふるさと桐生《きりゅう》、最後の別れ

足尾《あしお》山地の南西の麓《ふもと》、渡良瀬《わたらせ》川と桐生川の流域の扇状にひらける地に、桐生の街はあります。

昭和二十年四月五日――。午前五時半、桐生の町並みに朝日がさしはじめました。

上毛《じょうもう》電鉄西桐生駅前の通りに、荒木幸雄の実家の菓子屋「高梅堂《こうばいどう》」はありました。荒木家の朝は早く、六時には、父の丑次《うしじ》さんが店をあけます。

四日前の四月一日、沖縄本島についに米軍が上陸した、というニュースが、みんなの気持ちを重くしています。東京に出ている長男の精一《せいいち》さん（当時、十八歳）は、三月末、国鉄の教習所を卒《お》えて、休暇で前日から実家に帰っていました。

彼が店に出て、表を見たとき、通りの向こうから、朝日を背にして人影がひとつ、歩いてくるのに気づきました。それは軍服を着ていました。

少年飛行兵の弟、幸雄――。

（お⁉）

驚き、夢かと思った。とっさにことばが出なかった。なんの知らせもなく、突然の帰宅――。

（ただごとではない）

幸雄は普段の顔で、ことば少なに家に入ってきた。初めに、なんとことばを交わしたか——。

いま、兄の精一さんは、おぼえていない、驚きが大きかった、といいます。

「おう、おう」

「よう戻ったね」

父も母も驚いて、急いで幸雄を部屋にあげた。弟たちが喜んで迎えた。

「ユキ。朝御飯、まだだろう？　これから一緒に食べような」

母ツマがいいかかると、幸雄はそれを制していった。

「ちょっと、みんな、座ってくれる？」

幸雄は奥の座敷に入り、神棚《かみだな》を背にして座った。

「これから、ちょっと話したいことがある」

そういって、正座した。

（なにかあるな）

兄はそう感じた。

父と母が、そして兄弟が、順に座ると、幸雄は静かにいった。

「大命《たいめい》が下《くだ》りました」

とひとこと。普段となにも変わったように見えぬ、落ち着いた表情だった。

みな、黙った。父は声をのんでいる。母は目をしばたたかせた。

大命とは――。天皇の命令という意味である。幸雄はほかになにも言い足さない。

(特攻だ……!)

兄は感じとった。幸雄はうわべは平然としていた。胸のうちはうかがい知れない。

(おまえ、どうして、そんなに落ち着いておれるんだ⁉)

それがショックだった。

幸雄は、家族それぞれの名を表書きして封じた封書と、さらにもうひとつの封書を差し出した。

「これ、みんなに書いたから。あとで、通知が来たら開けてほしい」

父がうなずいて、受け取った。

兄はたずねたかった。

(特攻は、いつ――、どこへ――?)

知りたかった。しかし、聞けなかった。兄はいった。

「よく来たな。いつまでいるんだい、内地に」

「……」

幸雄は答えなかった。軍の秘密なんだ、と兄は思った。

幸雄は背筋をのばし、両の手を膝において正座をくずさない。幼顔《おさながお》を残しながら、黙った顔に逞《たくま》しさが加わっている。目に力があった。

（ひとまわりも、ふたまわりも、こいつ、大きくなったなぁ）

と兄は思った。

「泊まれるんかい」

母が聞いた。

「うん。一晩だけな。かあちゃんが元気でよかった」

幸雄が微笑《ほほえ》んだ。母は、うんうん、とうなずき、

「会えてうれしいよ、ユキ。夢みたい」

やっと喜びをあらわし、また目をしばたたかせた。涙は見せない。

「よう戻った。よう戻れた……」

父がしみじみいった。幸雄はにっこりした。こどものころのような笑顔だった。

「岐阜《ぎふ》に来てるんだ」

「岐阜から？　よう桐生に来れたな」

兄はいった。空襲により鉄道は各地で破壊され、移動もままならないときである。

「熊谷《くまがや》まで来る飛行機があってな。便乗させてもらった」

熊谷から高崎《たかさき》まで最終列車で来て、高崎駅で夜明かしし、両毛線《りょうもう》の一番列車で桐生へ来た、と幸雄は話した。

「みんなに、ひと目会いたくて」

「そうかい、そうかい」

母がなんどもうなずいた。

「みんな元気にやってるか」

幸雄は弟たちに声をかけた。幼い弟たちは笑顔で応じた。

幸雄はポケットから小箱を取り出した。

「これ、とうちゃんに――」

「ん？」

「学校でもらった」

父が箱を開けると懐中時計が出てきた。裏を返すと、文字が刻まれていた。

「おっ？　なに……、陸軍航空総監賞⁉」

驚き、父は絶句した。弟たちが目をかがやかせた。

父は目をつぶり、懐中時計をおしいただくように両手で前にかかげた。母は目をしばたたかせた。

幸雄は微笑んだ。

「とうちゃん。記念に持っててほしい」

父は幸雄を見て、なにか言おうとした。

「……………」

ことばにならず、顔をくしゃくしゃにして、涙ぐんだ。


朝食を一緒にとった後、兄はいった。

「おい、記念写真を撮《と》ろうよ」

「いいな」

幸雄が応じた。

「ひとっ走り、叔母《おば》さんを呼んでくるよ」

兄は自転車で走っていった。叔母は東京の家が戦災にあい、藪塚本町《やぶづかほんまち》の実家へ帰ってきていた。叔母と叔母の妹、幼い従弟《いとこ》がやってきた。

桐生は幸い戦災にあっていない。桐生が岡の桜もほころび、織物業の町はおだやかな春の光につつまれていた。

末広《すえひろ》町の高橋写真館で、幸雄はみんなと一緒に写真におさまった。

兄は、その日の午後、東京へ帰らなければならなかった。別れに幸雄にいった。

「いつまで、岐阜にいるんだ」

「……」

弟は答えなかった。答えられなかったのだろう。

「できたら、岐阜へ会いに行くよ」

「会えたらうれしいね、兄貴」

あっさりした別れだった。

幸雄は、その夜、両親と交わした会話でも、特攻についてはふれていない。

翌日、幸雄を送り出すまで、母ツマは涙を見せなかった。母が涙を流したのは、幸雄が去ってからである――。

そのほかのことはわからない、と兄、精一さんはいいます。

桐生の写真館でみんなで写った写真が、手元にあります。前列のなかほどに、胸に操縦徽章《きしょう》をつけた軍服姿の幸雄が、背筋をのばし、姿勢をただして椅子《いす》にかけています。

ひとり抜きんでた丸刈り頭の彼の後ろに、寄り添うように小柄な母、ツマさんの姿があります。面ながの幸雄の目鼻だちは母似です。

ちょっとさびしげにも見える目元――。じっと正視したいちずなまなざしは、こころなしか、哀しみを秘めているように見えます。

桐生にのこされた、これが荒木幸雄の最後の姿となります。

（弟とは、これが最後だ）

（せめてもう一度、会って話したい）

（岐阜へ行けば、会えるかもしれない）

そんな切実な思いがつのって、兄は東京から岐阜へ向かいました。

当時を思い起こして、精一さんはいいます――。

岐阜駅で降りて、改札口で陸軍航空隊への行きようをたずねた。教えられて行き着いた飛行場の航空隊の営門《えいもん》で、弟の名をいって、会いたいと頼んだ。すると、

「そのような者は、ここにはいない」

とりつきようのない、むなしい答えが返ってきた。

（幸雄は出発してしまったのか……）

精一は力が抜けた。どうしようもなく、岐阜の街をあてどもなく歩いた。

突然、街に空襲警報のサイレンが鳴り響いた。やむなく、近くの公園に避難した。

やがて、ことなく警報が解除されたとき、避難して近くにいた婦人が、精一に声をかけてきた。

「どこから来なさった？」

あてどをなくしたふうの姿を見兼ねてのことである。精一が事情を話すと、

「ああ、軍の飛行場は各務原《かかみがはら》にもありますよ。行ってみたら？」

高山《たかやま》本線で東へ二、三駅行けば、飛行場はすぐだと教えてくれた。

精一はすぐ各務原陸軍飛行場へ向かった。航空隊の営門でたずねる。

荒木幸雄伍長は、各務原基地にいた。幸雄が笑顔で出てきた。幸雄は今夜、外泊ができるという。

精一は駅前の軍指定の旅館に宿をとった。夕食後に、幸雄がやってきた。

ふたりして、夜中まで水入らずで語りあった。

「あとのこと、頼むよ、精ちゃん」

両親のこと、幼い弟たちのこと、家の将来のこと——。

「かあちゃんはからだが強くないから……」

幸雄は母のことをいつも気にかけていた。

「心配するな。おれ、一生、面倒見るからよ」

兄がいうと、弟はうなずいた。

話は尽きない。午前一時を過ぎた。

「幸雄。言えよ。特攻隊の名は――」

弟はじっと兄の目を見た。

「第七十二振武《しんぶ》隊」

「………。いつ、行くんだ？」

弟は首を横にふった。それは秘密だ、といったのか。おれにもわからない、といったのか――。

弟は財布からかねを取り出した。十円札が何枚かあった。

「おれはもう、要らないんだ。持ってって」

「なにをいうか」

兄は弟を見つめた。

「かあちゃんに渡してほしい」

そのことばが胸にきて、兄はしばらく黙った。とっさに思いついて、腕の時計をはずした。

「おまえ、これ、持っててくれ」

弟はうなずくと、自分の腕時計を外し、兄に差し出した。

兄弟は、兄の時計を腕にはめ、兄を見て微笑んだ。

兄弟は、布団を並べて床についた。やがて、弟の安らかな寝息が聞こえた。兄はすぐには寝つけなかった。

別れの朝――。

兄弟のために、朝食が用意された。

「おれ、隊に帰らねばならん。朝飯は隊で食べるから、これ、兄貴が食べてよ」

深刻な食糧不足で、腹いっぱいに食べることなどできないときである。弟は気遣いを見せた。

兄は旅館の外まで送って出た。

「おまえ、元気でな」

「ああ、元気で行くよ。みんなによろしく。では――」

弟はさっと挙手の敬礼をした。きびしい軍人の顔に戻っていた。

朝日の射《さ》すなかを航空隊へ向かう幸雄は、後ろをふりかえらず遠ざかっていった。

（幸雄は、もう、前に進むしかないのだ――）

去りゆく弟の後ろ姿に、兄は、なにか毅然《きぜん》としたものを感じつつ、しかし、不憫《ふびん》に思えてならなかった。

いま考えても、不憫に思います、と兄の精一さんはいいます。

第七十二振武隊《しんぶたい》の少年飛行兵たち

平壌の錬成飛行隊にいた荒木幸雄伍長たちは、三月下旬、九九襲撃機で飛びたち、福岡の雁ノ巣《がんのす》飛行場を経由して、岐阜県の各務原飛行場に来ていました。

各務原の航空廠《しょう》で、彼らの搭乗する機を「特攻機」に改造するためでした。

対地攻撃機である九九襲撃機の爆弾の積載量は、五十キロ爆弾四発でした。しかし、五十キロ爆弾では、軍艦を攻撃するには、破壊力が足りません。特攻機として使用するには、胴体の下に強力な五百キロ爆弾を吊《つ》り下げられるように、装置（懸吊架《けんちょうか》）を改造する必要があったのです。

考えてみてください――。九九襲撃機は機自体の重さが千八百七十キロの飛行機です。それに五百キロのどでかい爆弾をさげて飛ぶようにしようというのです。いかにも過酷《かこく》に思われます。記録を見ると、飛行距離や滑走路の地盤の強度などの問題があって、実際には、九九襲撃機の多くは二百五十キロ爆弾を抱いて特攻出撃しています。

荒木幸雄伍長たちの九九襲撃機は平壌を飛びたち、対馬《つしま》海峡を越えて、各務原に来たのですが、なかには、エンジン不調で各務原への到着が遅れた機もありました。

特攻機への装置改造には数日かかりました。そこで、先に終わったものから、平壌へ帰っていきました。

実は、前月三十日――。沖縄に米軍の大上陸部隊が迫って、全軍特攻の「天一号《てんいちごう》作戦」が発動されてまもなくのことです。平壌の本隊で、特攻隊の編成式が行なわれました。その通報を受けて、第一中隊長の松田次光《まつだつぐみつ》大尉が、各務原基地で「第二十三錬成《れんせい》飛行隊は特攻隊三隊を編成する」と各隊の特攻隊員名を発表しました。

このとき編成された特攻隊は、次の三隊です（注・のちに第七十四、七十五振武隊なども）。

誠第七十一飛行隊

第七十二振武隊

第七十三振武隊

いずれも十二名、九九襲撃機十二機からなる特攻隊で、各隊とも小隊長三名のほかの九名は少年飛行兵です。第七十二振武隊のなかに、荒木幸雄の名がありました。

第七十二振武隊
隊　長　佐藤　睦男中尉　航空士官学校五十六期（千葉県）　兼第一小隊長
小隊長　西川　信義軍曹　少年飛行兵八期（東京都）
小隊長　新井　一夫軍曹　予備役下士官七期（東京都）
荒木　幸雄伍長　少年飛行兵一五期（群馬県）
早川　勉伍長　少年飛行兵一五期（三重県）
千田　孝正伍長　少年飛行兵一五期（愛知県）
知崎　利夫伍長　少年飛行兵一五期（愛知県）
久永　正人伍長　少年飛行兵一五期（鹿児島県）
高橋　峯好伍長　少年飛行兵一五期（神奈川県）
高橋　要伍長　少年飛行兵一五期（東京都）
佐々木篤信伍長　少年飛行兵一五期（長崎県）

金本　海流伍長　　少年飛行兵一五期（福岡県）

特攻出撃していくときの編隊の構成は、次のように決められていました。

T早川伍長

（2）T小隊長西川軍曹

T高橋（要）伍長　　T千田伍長

T佐々木伍長　　T高橋（峯）伍長

（1）T隊長佐藤中尉

T荒木伍長　　T知崎伍長

T久永伍長

（3）T小隊長新井軍曹

T金本伍長

荒木伍長機は、第一編隊の二番機として、隊長機の左後ろにつくことになっていました（注・西川軍曹の記録による）。これは「隊長僚機」といわれる重要な任務を負うものです。

隊長僚機は、隊長機の攻撃を補助し、成功させるために、隊長機から離れず、敵の攻撃からは身をもって隊長機の盾《たて》となり、戦うものです。

佐藤隊長が荒木幸雄の技量を高く評価し、信頼していたことが推察できます。

佐藤睦男中尉は、航空士官学校を出た二十三歳の青年将校でした。誇らしげにふるまうことのない、部下思いの誠実な人柄だったようです。「なんのテライもない、純朴な人格の尊敬すべき中隊長でした」と梅田清介《うめだせいすけ》さん（元曹長・助教）の手記『朝一〇一・思い出いろいろ記』にあります。

荒木幸雄もまた、佐藤中尉に全幅の信頼を寄せていたように思われます。きみは特攻隊を希望するか、と佐藤中尉は荒木伍長に問い、荒木伍長は、希望します、と答えたのでした。

ふるさと桐生へ最後の帰省をしたとき、幸雄は、すでに特攻隊員に選抜され、特攻出撃して死ぬ覚悟をかためていたのです。その心のうちを話せば、両親を悲しませることになる、と思って、彼は黙して語らなかったのでしょう。

このあと、彼が朝鮮・大邱《たいきゅう》から父、丑次《うしじ》さんに書き送った手紙に、辞世ともなる歌が記されています。

帰省中は種々御世話になりました。

（中略）約八カ月ぶりに内地へ帰りましたが、やはり内地は良いです。青々とした山、清き流れの川がしみじみと脳裡《のうり》に浮かんで来ます。今度帰るときは屹度《きっと》戦艦の御土産《おみやげ》を持って靖国《やすくに》の御社《おやしろ》で会いましょう。

戦局も愈々《いよいよ》熾烈《しれつ》を加えて参りました。自分の事も既に御覚悟されて居ることと思います。我々としても男子の本懐之《ほんかいこれ》に過ぐるものはなきと思い、体当たりするまで奮斗《ふんとう》努力する覚悟であります。

君がため世のため何か惜しからん
　雲染む屍《かばね》と散りて甲斐あり
いざ征かん防禦《ぼうぎょ》砲火も何のその
　愛機と共に撃ちて砕けん

十八歳の春（注・数え年で記されている）

荒木幸雄がふるさと桐生に永遠の別れを告げた、四月六日――。

第二十三錬成飛行隊の特攻隊三隊が編成されてから一週間後のこの日、早くも第七十三振武隊の隊員たちは、大刀洗《たちあらい》基地で爆装を終え、鹿児島県の万世《ばんせい》基地から出撃して、全機が沖縄本島西方洋上の米軍艦船群に突入しました。

第七十三振武隊
隊　長　高田　鉦三少尉　操縦候補生七期　（岐阜県）
小隊長　小澤　三木曹長　下士候一三期　（栃木県）
小隊長　後藤　正一軍曹　航空乗員養成一二期　（岩手県）
麻生　末弘伍長　少年飛行兵一五期　（大分県）
加覧　幸男伍長　少年飛行兵一五期　（鹿児島県）
木原　愛夫伍長　少年飛行兵一五期　（福岡県）
後藤　寛一伍長　少年飛行兵一五期　（宮崎県）
中澤　流江伍長　少年飛行兵一五期　（東京都）
藤田　久雄伍長　少年飛行兵一五期　（和歌山県）
藤井　秀男伍長　少年飛行兵一五期　（福井県）
山本　茂春伍長　少年飛行兵一五期　（神奈川県）

山中　太郎伍長　少年飛行兵一五期（山口県）

この十二名、全員が戦死しました。

沖縄本島に米軍が大挙上陸して六日目のこの日、特攻機による初の航空総攻撃・菊水一号作戦が決行されたのです。

海軍の特攻機百六十一機（二百七十九名）と陸軍の特攻機六十一機（六十一名）が突入を敢行するという、凄《すさ》まじい壮絶な特攻の戦いです。

沖縄の戦いはそこまで切迫していました。このことは、あとでまた述べます。


搭乗機を特攻機に改造するために滞在した各務原で、たまたま、荒木幸雄は甘木《あまぎ》生徒隊の同期生に出会っています。嶋田辰雄《しまだたつお》さん（愛知県豊田市在住）は、こういいます。

「第十教育飛行隊にいった私は、各務原で第八十六振武隊が編成され、隊員に任命されました。そのときは、さすがに全身血の気がひき、凍《こお》りつくような思いがしましたよ。

岐阜の師団司令部へ申告にいった帰りに、ばったり、航空廠《こうくうしょう》へ行く荒木君と出会いました。同じ七十二振武隊の高橋要《たかはしかなめ》君もいました。荒木君は、特攻で沖縄へ行くんだよ、といとも平然といいました。おれもあとからすぐ行くから、というと、じゃあな、といって彼は去っていきました。まるで、あとで喫茶店であおうよ、とでもいうような……。さっぱりしたものでした」

特攻機への改造を終わった、荒木幸雄伍長たちの第七十二振武隊十二機の十二名は、朝鮮半島の南東端、蔚山《いさん》（ウルサン）で待機するように命令を受けます。九州に近く、沖縄戦線への特攻出撃に備えてのことでした。

ところが、まもなく、彼らは中国（南京《ナンキン》）にあった第五航空軍へ転属を命じられます。軍は、第七十二振武隊を中国へ送り、中国か台湾側から沖縄戦線へ出撃させようとはかったようです。

そこで、第七十二振武隊はいったん平壌に戻ります。

軍の指揮は混乱していたように思われます。

陸軍の沖縄特攻を指揮する第六航空軍は、実は、前年十二月に編成されたばかりで、軍司令部が九州の福岡に進出したのは、三月十日でした。

早くもその半月後に、米軍が沖縄に進攻してきたのです。第六航空軍司令部は、まだ準備がととのっていませんでした。通信網の整備も不充分でした。

海軍の沖縄特攻を指揮する第五航空艦隊の司令部は、最前線基地である鹿児島県の鹿《かの》屋《や》にありました。陸軍と協同作戦を行うために、第五航空艦隊司令部は第六航空軍に、司令部を鹿屋に移すよう求めてきましたが、第六航空軍司令部はそれに応じることもできませんでした。

「最も重大な問題は、戦力の中核となる特攻隊の掌握がまだできていない点であった」といわれます（生田惇『陸軍航空特別攻撃隊史』、ビジネス社）。

軍の指揮は混乱し、迷走するのも避けられなかったのでしょうか。

第七十二振武隊の少年飛行兵たちは、特攻出撃をまえに、一度中国へ向かい、また、朝鮮に戻ります。

その途中で、ひとりが、あたら無念の死をとげることになります。

米軍戦闘機に襲われる

第七十二振武隊《しんぶたい》の九九式襲撃機は、みな、激しい訓練に使用した中古機で、エンジン不調や潤滑油漏《じゆんかつゆも》れなど整備を要するものが多かったのです。

平壌で、整備員たちは連日、故障の修理や調整に追われました。

その間、隊員たちは平壌市内の三根《みつね》旅館に滞在しました。

国を護《まも》り国民を護るために、わがいのちを捧げて死の出撃をしていく特攻隊員を、世の人々は「生き神様」とあがめる風潮にありました。小隊長だった西川信義《にしかわのぶよし》軍曹が戦後に記した『吾が体験記』に、こうあります。

「生き神様になって、なんとも言えない気持ちであった。旅館の方々も食事の事から至れり尽くせりの大奉仕であった。隊員も限りある生命を充分有効に過ごすよう努力したものである」

隊員たちは、士気を鼓舞《こぶ》するために中隊付きの整備将校（竹内《たけうち》中尉）が作詞した隊歌を、『特幹《とっかん》の歌』の曲で歌ったといいます。

翼輝く　日の丸に
燃ゆる闘魂　目にも見よ
重い爆弾　抱え込み
征《ゆ》けば　敵艦轟沈《ごうちん》だ（注・轟沈　砲爆撃などで一分間以内に沈めること）
ああ　我等こそ七十二隊

平壌原より巣立ちたる
我等　十二の若桜

母の面影　胸に秘め
散るは敵艦　体当たり
ああ　華《はな》なれや七十二隊

十七、八歳で死ぬと決まった少年たちです。声高らかに歌いつつ、胸の奥は、どんな思いであったでしょう。
少年飛行兵たちのことを、西川さんはこうも書いています。

「毎晩のように宴会で飲んで歌って踊って楽しく人生を過ごすかに見えたが、酒の量も増してくると、笑い上戸《じょうご》あり、泣き上戸ありで困った事もあった。隊員の中には郷里が遠いため休暇も取れず田舎《いなか》に帰れず、最後の家族との暇乞《いとまご》いも出来なくて心残りのある者もあったが、班長（私は内務班長であった）と一緒に死ぬのだからと宥《なだ》めて床に入れた事もあった。

正直のところ死にたくないのが普通である。唯《ただ》ひたすら国のために体当たりするだけを心掛けて、皆無心になるようにつとめたものである」

少年飛行兵たちの真情がうかがえるように思います。

第五航空軍司令部へ転属を命じられた第七十二振武隊は、四月二十一日、平壌飛行場で多くの人々の見送りをうけて、中国・南京へ向け、出発しました。遼東半島《りょうとう》を越えて北西へ四百数十キロ、まず錦州《きんしゅう》へ。さらに、西南西へ四百キロを飛んで、北京へ――。

途中、空をおおう黄砂《こうさ》による視界不良で遅れたものの、二十四日、全機が無事に北京に着きました。

十二機の九九式襲撃機は、長距離飛行や黄砂などがわざわいしたのか、エンジン不調となったものが多く、整備のために一週間、北京で滞在せざるをえませんでした。

そのころ、中国各地の空に米軍機が来襲し、制空権はほとんど米軍の手中にありました。西川信義軍曹の記録によると、第七十二振武隊は初めて「敵機」に遭遇し、少年飛行兵を悲運が襲います――。

五月一日、北京を発進。しかし、佐藤隊長機など三機がエンジン不調で引き返した。西川機が残る八機をひきいて、三百五十キロを南下し、済南《さいなん》に到着する。

翌二日、隊長機など三機も到着したが、整備に手間取った。軍司令部への到着を急ぐため、エンジンの調子がよい五機が先に南京へ向かうことになった。西川軍曹と少年飛行兵の佐々木《ささき》伍長、早川《はやかわ》伍長、千田《せんだ》伍長、金本《かねもと》伍長の五機である。荒木伍長機は整備が終わらず、後続組にまわった。

先発の五機が離陸してほどなく、金本機がエンジン不調となり、排気管から黒い煙を吹き出して引き返した。

残る四機は、金本機が済南飛行場に無事着陸するのを見とどけると、機首をめぐらして南南東へ向かう。

華北《かほく》平原を南下し、徐州《じょしゅう》を経て南京までおよそ六百キロ――。

敵の制空権下にあって、日本軍機は早朝と夕刻を選んで飛んだ。早朝に発つのが遅れた四機は、敵機の目を避けるため、高度百メートルという超低空を飛びつづけた。

大平原とはいえ、超低空で長距離を飛ぶのは、一瞬の油断もならない、危険な気骨の折れる飛行である。

先頭に西川機。佐々木機が二番機として右後ろにいた。それより千メートル後方から、早川機と千田機がついてきていた。

済南から南南東三百キロに徐州はある。記録によれば、西川機以下の四機が徐州まで六十キロに達したとき、徐州基地の電波探知機は米軍機（P51戦闘機）が接近してきていることをキャッチした。しかし、西川機へ通信はとどかなかった。

Ｐ51戦闘機とは――。最新鋭のノースアメリカンＰ51ムスタング戦闘機である。最高速度は七百キロを超え、重武装で燃料の増加タンクをつければ三千七百キロもの長距離を飛べた。第二次大戦における世界の最優秀戦闘機といわれる。

西川機と佐々木機が徐州に達したとき、突如、上空からＰ51戦闘機四機が襲いかかった。二機は奇襲されて回避もできず、佐々木機がまずＰ51編隊長機の一撃で火を噴いた。たちまち地に墜《お》ちて自爆、炎上した。

間をおかず、二番機が西川機を背後から銃撃してきた。西川機は機体を横に滑らせて危うく初弾をかわした。

後続の早川機と千田機は、敵機の襲撃に気づいてすぐに退避した。

Ｐ51四機が西川機に集中して攻撃してきた。西川機は地上すれすれを右に左に身をかわして敵弾をさけ、逃げるほかない。高速の重戦闘機Ｐ51が一機、また一機、とつぎつぎに背後から襲ってきた。銃撃のたびに無数の赤い曳光弾《えいこうだん》が火の矢となって西川機をかすめた。

ついに、西川機は主翼内の燃料タンクを敵弾に撃ちぬかれて、煙を吐いた。

すぐにエンジン・スイッチを切って、西川機は不時着をはかった。機のまわりに銃弾が土煙《つちけむり》をあげた。西川機は畑に着地したがすぐには止まらず、三百メートル突っ走った。

車輪が畦《あぜ》にぶつかって、機体が前つんのめりになると同時に火を噴いた。たちまち燃えひろがる火炎をぬけて、西川軍曹は機外に脱出した。

機は黒煙をあげて燃えた。四機のP51は凱歌《がいか》をあげるように上昇し、飛び去った。

西川軍曹は顔面に火傷《やけど》を負い、目の上からぺろりと皮が垂れ下がっていた。両手は赤く焼け、出血していた。飛行帽も半長靴も黒く焼け焦げていた――。

西川軍曹はからくも一命を取りとめ、病院に収容されました。

佐々木伍長は背中と後頭部に敵弾をうけて、機上戦死を遂げていたことが確認されました。

少年飛行兵佐々木伍長は、国のために、父母、兄弟を護《まも》るために、と自らに言い聞かせて、特攻で敵艦に体当たりして死ぬ覚悟をかためていた、と思われます。しかし、その途半《みち》ばで、不意の襲撃にあっていのちを奪われたのです。さぞ、無念であったろうと思われます。

佐々木篤信《あつのぶ》伍長（長崎県出身）は、第七十二振武隊の少年飛行兵十五期生のなかで、最初の戦死者となりました。

荒木幸雄伍長は、整備待ちで済南にとどまっていて、P51の襲撃をまぬかれましたが、同じ編隊を組む三番機が撃墜されたのです。起居をともにした戦友の突然の死を、彼はどう受けとめたのか――。その記録はありません。きっと、はげしい衝撃と悲しみに襲われたに違いありません。

特攻出撃の前に、第七十二振武隊は二機を失い、十機となってしまいました。

「目達原《めたばる》へ進出、待機せよ」

第七十二振武隊は、五月五日の軍命令で、一転、九州の第六航空軍に転属することになり、ふたたび千三百キロを飛んで平壌へ逆戻りしました。

十機の九九式襲撃機は、平壌で整備するために三日間を要します。

沖縄の戦局は、日本軍にとって日増しに深刻になっていました。

四月一日、圧倒的な兵力で沖縄本島の嘉手納《かでな》、読谷《よみたん》海岸に上陸した米軍は、その日のうちに中飛行場と北飛行場を占領しました。

陸海軍の特攻機が連日、沖縄周辺の米軍艦船群に突入してゆきました。

四月一日から五日までに出撃、突入した特攻隊は二十八隊、九十機（百二十二名）――。ちなみに、この五日間の米軍側の損害は、「米海軍作戦年誌」によると、高速輸送船一隻が撃沈され、戦艦一隻、護衛空母一隻、輸送船八隻、高速掃海艇《そうかいてい》一隻が損傷を受けています。

米軍の上陸部隊の進撃はつづきました。

占領した中飛行場と北飛行場を米軍が使用し、戦闘機が飛びたつようになれば、特攻攻撃は一段と困難になります。

そこで、六日、初の航空総攻撃・菊水《きくすい》一号作戦が展開されたのです。

この日、出撃、突入した陸海軍の特攻隊は二十五隊、二百二十二機――。三百四十名もの若者が戦死しました。それは凄絶《せいぜつ》な体当たりの必死の総攻撃でした。

これに乗じて、連合艦隊の戦艦大和《やまと》以下十隻の艦艇が、広島県の呉《くれ》海軍基地から沖縄へ特攻出撃し、米軍の上陸地点に突入してなぐりこみをかけ、さらにそれに呼応して、沖縄守備の第三十二軍が大反攻に出て、米軍を海に追い落とそうという作戦でした。

しかし、戦艦大和ほかの水上特攻の艦艇は沖縄へ向かう途中、七日、徳之島《とくのしま》の北西沖で米軍機動部隊の艦載機のべ三百八十六機の猛攻撃を受けます。大和は死闘のすえに撃沈され、ほかの駆逐艦《くちくかん》などもほぼ全滅して、三千七百名の将兵が戦死しました。

この菊水一号作戦で、あの第七十三振武隊《しんぶたい》の少年飛行兵たちは、航空総攻撃のために特攻出撃し、沖縄本島付近の海に散ったのでした。

沖縄本島では、日米の激烈な地上戦がつづいていました。

守備の第三十二軍は、司令部を置いた那覇《なは》市の首里《しゆり》城を死守する構えでした。圧倒的な物量と火力にまさる米軍は、艦砲射撃と空爆と地上の巨砲によって、たえまなく砲爆撃をくわえました。

みどりの島に「鉄の暴風」が荒れ狂いました。砲弾や爆弾がそこここに炸裂《さくれつ》して、地は火を噴き、町や村は燃えて、あたかも「噴火山上の光景」であったと記録されています。多くの住民が戦火に斃《たお》れました。

守備軍は、侵攻してくる米軍を阻《はば》もうと、各地で死闘をくりひろげていました。

特攻機の出撃は、連日、九州側からと台湾側からつづけられました。

四月十二日、第二次航空総攻撃・菊水二号作戦が敢行されます。さらに菊水三号作戦、菊水四号作戦（第四次、五次航空総攻撃）と、特攻機による総攻撃がつづけられましたが、戦局は好転しませんでした。

第五航空軍の軍司令官下山琢磨《しもやまたくま》中将は、第七十二振武隊などの特攻隊を沖縄へ出撃させるために九州の第六航空軍へ送り出すにあたって、特攻隊員たちに次のような訓示を与えました。

沖縄ニ於ケル我ガ地上軍ハ　連日連夜敵ノ砲爆下ニ毅然《きぜん》トシテ健闘ヲ続ケ　之《これ》ニ協力スル陸海ノ航空部隊亦《また》奮闘　敵ノ野望ヲ破摧《はさい》シツツアリ
今諸士予《よ》ノ隷下《れいか》ヲ離レ　此ノ決戦ニ直接参与ス　其ノ栄誉タル無量　皇国上下ノ諸士ニ期待スルノ絶大ナル以《もっ》テ之ニ加フルナシ
諸士ガ其ノ丹誠《たんせい》ヲ顕現《けんげん》シ　特攻隊ノ神髄ヲ発揮シテ敵ヲ撃滅シ　克《よ》ク決勝ノ先駆タルハ正ニ此秋《このとき》ニ在リ
予ハ諸士ノ烈々タル純忠至誠ハ高ク神明《しんめい》ニ通ジ　神翼《しんよく》一機克ク一艦一船ヲ屠《ほふ》リ上下ノ期待ニ応ヘテ余リアルヲ確信シ　茲《ここ》ニ欣《よろこ》ビテ其ノ壮行ヲ送ル――

特攻隊員諸君のはたらきに全国民が絶大な期待を寄せている。諸君の純忠至誠は神に通じ、必ず一機一艦を撃ち沈めることができると確信している、というものです。

それはガリ版で半紙に刷られて隊員たちに配布されましたが、荒木幸雄伍長は、最後の出撃のときまで、折り畳んだその半紙を身につけていた、と伝えられています。

そうしたのは、きっと、彼ひとりではなかったろうと思われます。

自分たちのいのちをかけた特攻出撃が、国の滅亡崩壊の危機を救い、戦局を好転させてくれるものと全国民がひたすら期待し、ねがっている、と思えばこそ、彼らは死の出撃の覚悟ができたのでしょう。

兄、精一《せいいち》さん宛て（月日不詳）

初夏の候と相成りました。

兄上様、其後御変わりなく職務に邁進《まいしん》の事と思ひ《い》ます。幸雄も愈々《いよいよ》特別攻撃隊の一員として沖縄決戦に参じ征《ゆ》く事となりました。只《ただ》一撃撃沈を期すのみであります。岐阜滞在中に態々《わざわざ》御面会に来られ有難う御座いました。あれから直ぐ出発し済南迄《まで》転出致しましたが、再び内地に転属になった次第です。

顧みれば幼い時より今迄何くれとなく御世話に預り、幸雄散っても忘れません。兄上様の御恩に報ゆるのは只敵艦撃沈のみ。

戦局も益々切迫する折、兄上様にも近く入隊の事と思ひ《い》ますが、敵撃滅の日迄奮闘の程祈ります。

又御両親様、弟達の事はくれぐれも宜敷く御願ひ《い》致します。

では充分御身体を大切に。

さようなら

幸雄拝

御兄上様

兄の精一さんは、この手紙を弟の遺書と受けとりました。

弟は、兄にも近く、軍への入隊を命じる召集令状が来るであろうと予感しています。


「目達原《めたばる》基地へ進出、待機せよ」――。

ついに、第七十二振武隊に出撃待機の命令が下りました。

佐藤睦男《さとうむつお》隊長以下の十名は、五月十七日、対馬《つしま》海峡をまたいで九州へ飛び、佐賀県の目達原基地へ向かいます。

荒木幸雄にとっては、大刀洗《たちあらい》飛行学校の目達原教育隊のころ、赤トンボで初めて大空を飛んだ思い出の地です。

筑紫《つくし》平野につづいて佐賀平野がひろがるなかを、筑紫次郎と呼ばれる筑後川がゆったりと西へ流れて、入り海の有明海《ありあけかい》に注いでいます。

脊振山《せふりさん》の南の目達原基地がある一帯は、上空から見ると、みどりの田園ののどかな眺《なが》めですが、初夏の光が満ちたその空は、いまや、学徒出身の陸軍特別操縦見習士官や少年飛行兵たちのはげしい「と号訓練」（特攻訓練）の場と変わっていました。

第七十二振武隊の十機は、午後三時ごろ、全機そろって目達原基地に着陸しました。佐藤中尉以下十名の隊員たちは、戦闘指揮所の前に整列して、戦隊長に到着を申告しました。

彼らは、目達原基地で待機し、出撃命令が出たら、ただちに鹿児島県の万世《ばんせい》基地へ飛び、そこから沖縄戦線へ出撃することになっていました。

彼らは、トラックの荷台に乗って、基地から北西に二、三キロの東脊振《ひがしせふり》村横田にある西往寺《さいおうじ》というお寺へ向かいました。

寺に着いて記入したのでしょう、荒木幸雄はこの日から、久しぶりに修養録に記しています。

五月十七日（木曜日）
天気快晴、絶好の出発日和《ひより》なり。
待ちに待って居た門出である。
一二時二〇分、約一〇カ月間御世話になりし懐かしの平壌を出発、決戦続く沖縄へ、沖縄へと前進す。必ずやる、一撃轟沈《ごうちん》の外《ほか》なし。

一五時頃再び内地の地に着陸。殊に大刀洗時代の目達原《めたばる》飛行場に到着す。老若男女《ろうにやくなんによ》の敢斗《かんとう》ぶりを見るとやはり日本人の尊さがうかがわれる。銃後の期待に添わん大戦果を挙ぐ。

第七十二振武隊の隊員たちは、出撃前の限りあるひとときを、西往寺で過ごします。きょうかも知れない、あすかも知れない、命令の下るときを待って——。

「ただ一筋に征《ゆ》く」

当時の国鉄長崎本線の三田川《みたがわ》駅は、現在、JR「吉野ヶ里公園駅《よしのがりこうえんえき》」に変わっています。その名のとおり、西へ二キロほどのところに、神埼町《かんざきまち》、東脊振村《ひがしせふりそん》、三田川町の三町村（現在、神埼市、吉野ヶ里町）にまたがる国営公園「吉野ヶ里歴史公園」があります。当時は、弥生《やよい》時代の最大規模の環濠《かんごう》集落遺跡が田畑に埋まっているとは、まだ知られていませんでした。工業団地の造成中にその遺跡が発見されたとき、「女王卑弥呼《ひみこ》の邪馬台国《やまたいこく》か、倭《わ》のひとつのクニの中心部か」と大きな話題を呼びました。

田園のひろがる豊かな土地柄なのです。駅から東へ一キロあまりのところに、目達原基地の営門《えいもん》がありました。基地の跡は、いま、陸上自衛隊の目達原駐屯地になっています。

吉野ヶ里公園駅から、北十数キロに脊振山《せふりさん》のいただきが見えます。山の方へ向かって二キロほども行くと、林の緑の向こうに大きなお寺の本堂の屋根が見えてきます。

長い築地塀《ついじべい》にそっていくと古色《こしょく》をおびた山門があり、その奥に本堂があります。

西往寺《さいおうじ》は、天文《てんもん》七年（一五三八）に創建され、大木城主大木家の菩提寺《ぼだいじ》であった歴史と由緒《ゆいしょ》のある浄土宗《じょうどしゅう》のお寺です。

沖縄特攻が始まった昭和二十年三月末、軍は急遽《きゅうきょ》、西往寺（南達運《みなみたつうん》住職）の書院の八畳と十五畳の二間つづきの大座敷を特攻隊員の宿泊にあてると決め、軍直通の電話をひきました。

特攻隊員たちが寝起きした座敷の床の間には、観音像の掛け軸がかけられていました。台所に電話機が置かれ、派遣《はけん》された炊事《すいじ》担当の軍曹《ぐんそう》が、電話番をしていました。発進命令を伝える電話が、いつかかってくるか――。隊員たちはベルが鳴ると緊張したといいます。

お寺の住職一家だけでなく、近所の婦人たちが、できるかぎりのご馳走《ちそう》を作って特攻隊員たちをもてなして、心をこめて接待しました。

親身の世話をした住職の夫人、寿賀《すが》さんを、若い隊員たちは「お母さん」と呼んで慕《した》います。ふたりの娘、初江《はつえ》さん、静枝《しずえ》さんたちも寿賀さんを手伝いました。

本堂の東につらなる庫裏《くり》の北側に、奥の書院が当時のままにあります。ガラス障子の外に縁側の廊下があり、ガラス戸越しに築山《つきやま》のある庭が静かなたたずまいを見せています。

西往寺に保存されている特攻隊員の名簿などを見ると、第七十五振武隊、第七十四振武隊、第百二振武隊、第七十二振武隊、第六十四振武隊の五隊、のべ五十九名（うち生存六名）が、つぎつぎに、この寺に宿泊しています。

死の出撃を間近にした特攻隊員たちにとって、この寺での明け暮れは、いのちの残り時間を数えるような日一日であったろう、と私は思います。息のつまるような刻一刻ではなかったろうか、と——。

ところが、若い特攻隊員たちは、違いました。なかでも、第七十二振武隊の少年飛行兵たちは明るく、朗らかにふるまって、土地の人々を驚かせました。

その情況をよく伝えるものがあります。第七十二振武隊と最後の発進まで行動をともにして機の整備にあたった宮本誠也《みやもとせいや》軍曹（千田孝正《せんだたかまさ》伍長機の機付長《きつきちょう》）が、千田伍長の父、千田梧市《ごいち》さん（愛知県扶桑《ふそう》町）に宛てた手紙の一節です。

五月十七日、九州佐賀の飛行場に降りると、お寺に一週間程宿泊する事になりました。

千田君ら第七十二振武隊は、自ら朗部隊《ほがらか》と名をつける程愉快な連中だったのです。すこしの酒があれば勿論、そんな物が全然ない時でも歌の聞こえないことは珍しいといふ《う》わけで、隊長殿もおとなしかったので、何のこだわりないはつらつとした若さはそこで一段と発揮されました。

その頃のあの人々には何の恐れる物もなかった。人におこられるとか、失敗しないだろ《ろ》うかとか、そんなけちな考へ《え》は悠久《ゆうきゆう》の大義に生きんと言ふ《う》大理想の前に全然かきけされてしまったのです。

全《すべ》ての行動が自信に満ち、純で神を見る如《ごと》きでした。

佐賀に於《お》ける村の人々の好意は他の所と問題にならぬ程絶大なる物がありました。毎日朝から何百人と言ふ《う》老若男女がおしよせ、リヤカーに何台ものおすし、アメ、卵、酒、にしめ……等をのせて「此の度は初めて生神様《いきがみさま》をおがませていただきました」と涙を流しておられました。中には、おどりや歌で慰問して下さる方々もありましたが、孝正君達のはちきれんばかりの元気な余興はかへ《え》ってこれらの人々を慰問するほどでした。

こんな村の人の好意は非常なものでしたが、二十歳前後の前途有為《ぜんとゆうい》な方々の正に散らんとする時、送るなぐさめとしては、決して多すぎはしなかったと思って居ります。でも隊員の方々は申しわけない様な顔をして居られました。勿論「特攻隊でもうじき死ぬんだぞ」などと言ふ《う》高ぶった所は全然見られなかったのです。

（苗村七郎編著『陸軍最後の特攻基地』、東方出版）

隊員たちは、朝食をすますと、特攻訓練をするために迎えのトラックで基地へ向かいました。しかし、訓練をするのもままならず、搭乗する機の整備に立ちあうだけで、午後二時、三時には西往寺に帰ることが多かったようです。連日、村人たちの歓待がつづきました。

西往寺の長女、初江さん（当時二十二歳、勤労挺身隊に勤務・故人）から、桐生《きりゅう》の荒木丑次《うしじ》さん宛てに書きおくられた封書が、荒木幸雄伍長の姿を伝えています。

此の度、御宅の息子様は、特別攻撃隊七二振武隊員として隊長様以下十名、おいでになり、九日間滞在に成《な》りました。

其の間、毎日々々、元気一杯朗らかに過ごされました。

とくに幸雄様はお年も若く、戦友の方々からも幸《ゆき》ちゃん、幸ちゃんと可愛《かわい》がられておられました。（後略）

次女の静枝さん（当時十七歳、のち佐世保《させぼ》市在住）はその春、女学校を出て、村の農業協同組合で働いていましたが、家では、特攻隊員たちの食事を運んだりして手伝いました。

「七十二振武隊は、みなさん、明るかったです。身のまわりのことは自分でなさって。洗濯物は裏の川で洗って、庭の植木にかけて干されていました。

隊長の佐藤さんが温厚な方でしたから、若い隊員の方たちもなれ親しんで、早川《はやかわ》さんなんかは、自分が隊長より先に一番機になって突っ込むんだと言って……。

私は、端切《はぎ》れの布で『特攻人形』を作ってみなさんにさしあげました。間もなく死んでゆかれる若い方たちを慰め、励ますのにそんなことしかしてあげられませんでした。

一番若い荒木幸雄さんは、私と同い年でした。いよいよ、出撃と決まった日、基地から私物を入れた行李《こうり》が送られてきました。その整理をしていて、これ、シーチャンにあげるよ、とハーモニカをくださったんです。ここでは、ハーモニカを吹かれる時間もなくて、残念だったと思います。おとなしい、やさしい方でしたよ」

荒木幸雄伍長自身は、修養録にこう記しています。

五月十八日（金曜日）

多忙の余り

遊ぶのに余り……

日記をつけるをせず

後になりて後悔す

五月二十日（日曜日）曇

突撃訓練のため飛行場に行く。しかし悪天候のため演習せず、休憩所に待機す。町また村の人の赤誠《せきせい》のある贈りものと慰問にて大高笑や腹ぶくぶくにて下痢を起こす次第なり。

午后〇〇時、明日出撃せよとの有難き命令を受く。只《ただ》感慨無量。

一撃轟沈《ごうちん》を期すのみなり。

　　尉問者絶へ《え》ず延べ数百人を数ふ《う》。

　　最后の秋《とき》を朗らかに歌ひ《い》別れの

ここで、荒木幸雄伍長の修養録の記述はとぎれています。永遠に書き継がれることなく――。

(時間がなかったのか、感きわまったのか。その時の心境を想うと胸がつまる)

兄の精一《せいいち》さんは修養録を書き写し、そう書き添えられています。

「五月二十一日、出撃せよ」との命令が下ったのです。

ところが、出撃は順延されて、第七十二振武隊の目達原《めたばる》待機はなおつづきます。

このころ、沖縄はすでに梅雨《つゆ》に入り、特攻機による攻撃は、悪天候でさまたげられる日が多くなっていました。

雨のなかでも地上戦の激闘はつづき、沖縄守備軍の首里《しゅり》防衛線は崩壊に追い込まれていました。

実は、この五月二十一日以降に、沖縄戦始まって以来の最大規模の特攻作戦が、ひそかに準備されていたのです。「菊水《きくすい》七号作戦」と呼ばれる航空総攻撃です。

沖縄本島の米軍が占領して使用している北・中飛行場に特攻隊「義烈空挺隊《ぎれつくうていたい》」（重爆撃機十二機・三十六名乗組み、空挺隊百三十六名）が胴体着陸して斬《き》り込み、米軍機の離発着をできなくしている間に、猛烈な航空総攻撃をかけて、守備軍を援《たす》けようという作戦でした。陸海軍の特攻機百八十機を含む二百八十二機を出撃させるものです。

第六航空軍は、第七十二振武隊をこの総攻撃に参加させるために、目達原基地に待機させていたのだと思われます。

このとき、熊本市の健軍《けんぐん》基地では、義烈空挺隊が出撃を待っていました。空挺隊員を乗せて飛ぶ、第三独立飛行隊の十二機の重爆撃機の機長のひとり、町田一郎《まちだいちろう》中尉（陸士五十六期）は、群馬県桐生市出身の二十二歳の青年将校です。のちに、町田一郎と荒木幸雄は、同じ日に桐生へ姿なき無言の帰郷をすることになります。

町田一郎　辞世
あらはさん秋《とき》は来にけり丈夫《ますらお》が
　とぎしつるぎの清きひかりを

菊水七号作戦の総攻撃は、悪天候のため順延になり、二十四日から二十七日にかけて決行されることになりました。

第七十二振武隊の出撃はのびたとはいえ、彼らが祖国の地を離れる最後のときは、確実に迫ってきていました。

二十四日、彼らは「明日、万世《ばんせい》へ向け発進せよ」と命令を受けます。

実は、この夜、義烈空挺隊は出撃し、沖縄の北・中飛行場に突入しました。

第七十二振武隊の少年飛行兵たちは、西往寺での最後の夜をどう過ごしたか――。千田孝正伍長機の機付長、宮本誠也軍曹は、千田梧市さんに宛てた手紙にこう書いています。

いよいよ明日は鹿児島へ出発といふ《う》日、五月二十四日の夜、皆めいめいに私物の整理をして居ます。手紙を書いて居る人、飴《あめ》をしゃぶりながら話したり笑ったりして居る人、村の人からたのまれたらしい一筆を日の丸に書いて居る人、孝正君は古い手紙やノートを火鉢にくべて居ました。ちょっと読んではやぶいて焼き、何か思い出す様に、くすぶる煙を見ておられました。思へ《え》ばあと百時間もない命をそれとなく整理されて居られたのでしょう。

千田孝正伍長（少飛十五期甲）は大正十五年、愛知県扶桑《ふそう》町の生まれで、このとき十八歳七カ月――。巻き紙に豪放な筆の字がおどるように、のびやかにこう書き遺《のこ》しています。

必沈　轟沈《ごうちん》　又轟沈
吾《わ》が願ひ《い》　酒飲みて
我　必沈確実なり
快なるや我が体当たり
見よ　沖縄の空と海
我が法名には
「純」を忘れない様に願ふ《う》
「ああ悲しいかな」は必要なし
何も俺《おれ》は哀しいわけは一つもない
唯《ただ》　喜《よろこび》で一杯なり
それから我には遺骨だなんて無い
我が身の物は遺しません

大体俺なんかは墓場より拍手の方が好きだ
孝正の遺ハイは
仏壇より神棚の方がいいかも知れぬ
次に過去を語る
何故俺は高二から工業校を止めたか
一に飛行士になりたかったのだ
さ《そ》うして俺は幸《しあわせ》過ぎた
親に対し申訳けなし

一、鉄砲弾とはおいらのことよ
待ちに待った門出ぢ《じ》ゃさらば
友よ　笑ふ《う》て今夜の飯は
俺の分迄喰《く》ってくれ

二、でかい魚雷を翼に抱いて
俺の得意はいざ体当たり
愉快じゃないか仇《あだ》なす艦

上る火柱　水柱
三、男散るなら　桜の花よ
散りて九段で咲きかへ《え》る
散って行くのは　雷撃魂
笑ふ《う》て咲くのは　大和魂

（前出、『陸軍最後の特攻基地』）

特攻隊員たちは、それぞれに遺書や手紙をしたためました。
赤い縁どりのある白い絹地（注・寿賀さんの婚礼記念の絹のハンカチ）に、第七十二振武隊の十名が寄せ書きをして、西往寺に遺しました。

大死　　　　　　　　　佐藤中尉

外海に寄せくる波を背に負ひ《い》て
　砕かん此の身は楽しくもあれ　　新井一夫

轟沈　陸軍伍長　荒木幸雄

一死千殺　少年飛行兵　金本伍長

死　　　　　　　　　　　　　　　　千田孝正
必死必中　必轟沈　　　　　　　　　高橋　要
志気　　　　　　　　　陸軍伍長　高橋峯好
突進　　　　　　　　少飛十五期　知崎利夫
必沈　　　　　　　　　　　特攻　早川　勉
意気で轟沈　　　　　少飛十五期　久永正人

荒木幸雄伍長は、かねてから饒舌《じょうぜつ》ではなく、ことば少なであったように思われます。西往寺で最後に一筆求められたのでしょう、大型ののりのきいた白いハンカチにひとこと、凛々《りり》しい短いことばを、楷書体《かいしょたい》のしっかりした字で墨痕《ぼっこん》あざやかに書き遺しています。

只《ただ》一筋に征《ゆ》く
　　　　　　　　　特別攻撃隊員
　　　　　　　　陸軍伍長　荒木幸雄

第五章　子犬よさらば、愛しきいのち

まぼろしの特攻基地、万世《ばんせい》

第七十二振武《しんぶ》隊の隊員たちは、五月二十五日、最後の地となる鹿児島県の万世基地へ向かいます。

西往寺《さいおうじ》を出るとき、地元の人々が見守るなか、境内《けいだい》に整列した隊員たちが別れの杯《さかずき》を受けている姿が、佐賀新聞記者が撮影したと思われる一葉の写真に記録されています。

正午過ぎ、第七十二振武隊は目達原《めたばる》基地を離陸して、一路真南へ二百二十キロあまりを飛びました。

九州地図をひろげて、その飛行コースを線引きしてみて、私は初めて気づきました。目達原を発って筑後地方の有明海《ありあけかい》沿岸ぞいに南下した荒木幸雄伍長らの搭乗機は、まもなく、三池《みいけ》炭鉱があった大牟田《おおむた》市付近の上空にさしかかったはずです。

そのとき、私は大牟田にいました。旧制中学一年で、十二歳でした。戦時中、軍事教練を受けた最後の中学生です。

記憶にはありませんが、もし外にいたら、飛来する爆音を聞きつけて、敵機ではないかと警戒し、空を見上げたろうと思います。

日本軍機だとわかると安心し、飛行機好きの私は九九式襲撃機を見て、あまり見かけない機種だな、というぐらいは考えたかもしれません。

しかし、それが十七、八歳の少年飛行兵の操縦する特攻機で、ましてや沖縄へ出撃のために最前線基地へ向かっているのだとは、まったく考えおよばなかったでしょう。いや、市民のだれひとり、気づかなかったと思います。

大牟田には軍需工場がいくつもありましたから、たびたび空襲を受けました。爆薬を作っていた三井染料《みついせんりょう》工場が白昼の爆弾攻撃を受けたとき、勤労動員で作業に行っていた中学生や女学生が四十名ほど一度に死亡しました。

夕刻に顔をあわせた近所の友達の姉弟《きょうだい》が、その夜の空襲で家が焼け、朝には焼死体となって運ばれていきました。私自身、ザザーッと雨のように頭上に降ってくる焼夷弾《しょういだん》の直撃の恐怖に戦《おのの》いたことがあります。

空襲で街が燃えひろがるのを防ぐために、道ぞいの建物を取り払って防火帯を作る「建物疎開《そかい》」が行われました。中学一年の私たちも動員されて、取り壊された家の材木を、高射砲陣地作りの現場へ運びました。

そのときのことです。高射砲陣地の近くで超低空を急接近してくる爆音に気づいたときはすでに遅く、雷《かみなり》のような轟音《ごうおん》とともに、艦載機のグラマンF6Fヘルキャット戦闘機が機銃掃射をあびせて飛びさりました。あっという間のことでした。さいわい反復した攻撃はなく、死者は出さずにすんだと記憶しています。

「超・空の要塞《スーパー・フォートレス》」といわれる超重爆撃機ボーイングB29は、しばしば来襲しました。

やがて、沖縄の地上基地から発進した、ロッキードP38ライトニングという双発・双胴の戦闘機や、ノースアメリカンP51ムスタング戦闘機が来襲するようになります。

戦局は急迫《きゅうはく》してきて、九州の地方都市でさえそんな危ない情況でした。そんななかで、特攻隊はやむなく出撃していったのです。

ここは内地であるとはいえ、第七十二振武隊の各機は、米軍機の襲撃を警戒しつつ、飛行高度を低くして万世へ向かったと思われます。

佐藤隊長機の後ろについて、二番機の荒木幸雄伍長は飛びます。

島原《しまばら》半島の雲仙《うんぜん》・普賢《ふげん》岳を右に見て島原湾をまたぐと、左に義烈空挺隊が出撃した熊本の健軍《けんぐん》飛行場があり、その東の彼方に阿蘇《あそ》山の中岳が噴煙をたなびかせています。

まもなく、不知火《しらぬい》海と天草灘《あまくさなだ》に浮かぶ天草諸島の新緑の島々が、右手の眼下に見えてきます。

朝鮮半島や中国大陸にはなかった、緑なす島国日本ならではの景観です。余命二、三十時間にせまった少年飛行兵たちの目に、これが見納めとなる祖国の美しい光景は、どう映り、どんな思いを抱かせたでしょう。

しかし、彼らは感傷におぼれているわけにはいきません。いっときも、米軍機に対する対空監視を欠かせません。おりから、はるか高々度の上空をB29数機の編隊が飛行するのが見えましたが、ことなくB29は飛び去りました（機付長、宮本誠也《みやもとせいや》軍曹の記録）。

目達原を発って四十五分――。やがて前方に、鹿児島県最南西の薩摩《さつま》半島が見えてきます。その西海岸は、果てしなくひろがる東シナ海に面し、ゆるやかに湾曲《わんきょく》して南北につらなる吹上浜《ふきあげはま》です。日本三大砂丘のひとつにかぞえられる砂浜で、はば一～三キロ、長さ五十キロにもわたって白砂の浜辺と松林がつづいています。

その吹上浜の南寄りにある、万世町（現在、南さつま市）の万之瀬《まのせ》川の河口の南に、黒松の林のかげに拓《ひら》かれた広い地面がありました。それが万世陸軍飛行場でした。

万世飛行場は、知覧《ちらん》基地に近く、西北二十キロにありながら、陸軍航空関係者にもあまり知られていない隠された「秘匿《ひとく》基地」です。「まぼろしの特攻基地」だったのです。

日本軍が沖縄で敗退して本土決戦になれば、次に米軍が九州上陸を狙う地は、吹上浜がそのひとつであろうと軍は予測していました。そこで、ここに特攻作戦に備える飛行場を、地元住民も勤労動員して突貫工事で大急ぎで造りました。

沖縄戦で、主要基地である知覧飛行場の補助飛行場となるものです。

しかし、黒松林をきりひらき、砂地や畑地をひらいて整地したもので、もともと、地盤が軟弱でした。硬い山土《やまつち》を運んできて表土に敷きつめて固めましたが、舗装のない「デコボコ滑走路」だったといわれます。

そのために、一式戦闘機隼《はやぶさ》など引き込み脚の機が二百五十キロの重い爆弾をだいて飛びたつには難があり、つよい固定脚の九九式襲撃機や九七式戦闘機など、いわば旧型機の出撃基地とされたのです。

沖縄特攻が始まった昭和二十年三月二十七日、大刀洗《たちあらい》基地から飛行第六十六戦隊の九九式襲撃機二十七機がこの飛行場に進出してきました。

六十六戦隊の生存者のひとりで、小隊長として九九式襲撃機を操縦していた苗村七郎《なえむらしちろう》さん（少尉、特別操縦見習士官一期）は、編著書『陸軍最後の特攻基地』にこう記されています。

ついに「敵沖縄に来たる」の情報により、三月二十六日、大刀洗北飛行場から単機万世飛行場に飛んだ。

万世飛行場は東シナ海に面する吹上浜という風光明媚《ふうこうめいび》な地にあり、唐仁原《とうじんばら》を流れる新川《しんかわ》と、万之瀬《まのせ》川と合流する地点を中心にのびる砂浜の眺望はすばらしいものだった。その砂原を急遽《きゅうきょ》飛行場につくり上げたものである。

　飛行場に降り立った私のところに、エンジンがまだとまらず砂塵《さじん》をまき上げているなかを、地元の老人、婦女子が一斉に馳《か》けよってきた。私はこれまでいろんな飛行場に降りたことがあるが、これほど暖かく、気迫のこもった歓迎を受けたことはかつてなかったことである。

　しかも、その人たちは整備兵たちよりも早く、力を合わせ、飛行機を押して、松林の松を切り払ったばかりの掩体壕《えんたいごう》に運び、私の愛機に松の枝葉をかけて擬装《ぎそう》をしてくれた。文字どおりの軍民一致の光景であったが、私は「われわれ軍人だけが戦《いく》さをしているのではないのだ」という実感が胸に迫るものを覚えた。


　南国薩摩のひなびたこの地にも、戦火が迫る危機感がおおっていました。その情況下で、戦う操縦士たちを迎える土地の人々の情にあつい姿が、この一節にもよくあらわされています。飛行場造りの作業はまだつづいていました。

　六十六戦隊の九九式襲撃機が到着して、翌々日の二十九日には、早くも米軍機が来襲します。はげしい爆撃で、勤労奉仕で作業していた十九人が直撃弾を受けて即死しました。

沖縄戦が押しつまり、破局的な段階になって風雲急をつげているとき、荒木幸雄伍長ら第七十二振武隊の九九式襲撃機は、この地に砂塵をまいて着陸したのでした。

ここで爆弾を「着装」して、まもなく、死の出撃をするために——。

彼らの九九式襲撃機は、すぐに誘導路《ゆうどうろ》を通って林のなかの掩体壕に運び込まれ、出撃のための整備にかかりました。

実はこの二十五日にも、万世基地から、第四百三十二振武隊の矢内廉造《やないれんぞう》伍長らの九七式戦闘機二機と、第四百三十三振武隊の三潮七郎少尉らの九七式戦闘機五機が特攻出撃してゆきました。

前夜、義烈空挺隊が沖縄北・中飛行場への胴体着陸、斬《き》り込み、地上施設の爆破を敢《かん》行《こう》して米軍を混乱させたのに乗じて、この日、第六航空軍は特攻機百二十機で総攻撃をかけることになっていたのですが、沖縄地方は不連続線がかかり天候不良のため、突入できたのは、六十三機（六十六名）にとどまりました。海軍の特攻機は二十一機（五十六名）が突入しました。

軍は、義烈空挺隊員がひとりでも生きて戦っているかぎり、特攻攻撃をつづける構えです。

「と号（特攻）攻撃」の好機は、早朝か日没時とされていました。米軍の迎撃機《げいげきき》の動きが少ない時刻に、朝日や夕日を背にして対空砲陣の目をくらまして、艦船に突入をはかるためです。

第七十二振武隊の万世発進は、沖縄の天候が回復するのを待って、明二十六日の夕刻、十六時と決められました。

残すところ二十四時間のいのちとなった、第七十二振武隊の少年飛行兵たちは、吹上浜から、東シナ海の彼方に沈んでゆく落日を、どんな思いでながめたのでしょう――。

隊員たちは、飛行場からトラックで南東へおよそ二・五キロ、町はずれの南薩《なんさつ》鉄道加《か》世田《せだ》駅近くにある飛龍荘《ひりゅうそう》へ向かいました。

この大きな割烹《かっぽう》旅館の二階が第六十六戦隊の隊員たちの宿泊に、階下の部屋が特攻隊員たちの宿泊にあてられていました。

『加世田市史』（加世田市編さん委員会編）に、このころの周辺の情況がこう記されています。

万世飛行場では、たびたび空襲をうけ死傷者が続出した。

薩摩半島で本土決戦という構えから、護南《ごなん》部隊はどしどし入り込んできた。城の山・花の迫・高倉・大坊ケ丘・村原などには大きな防空壕を掘り、部隊が駐屯した。万世飛行場からは特攻の振武隊が飛んだ。知覧飛行場からも盛んに飛んだ。飛龍荘（柳月荘）には特攻隊員が宿泊していたので、婦人会では交代で炊事の加勢に行った。町長や助役は出発のたびごとに慰問激励に行った。二十歳前後の若い好男子ばかりであった。ああ、飛行機もろとも敵艦目がけて体当たりをし、一機一艦撃滅の壮挙を断行したのであった。

五月ごろには、いよいよ銃後《じゅうご》（注・直接戦闘に加わらない一般国民のこと）の苦闘は深刻になってきた。麦の取り入れから田植えの準備などに、防空壕を掘りながら空襲下をくぐり、全く命がけの明け暮れであった。空襲警報はほとんど間断なく鳴りひびき、ラジオの音波は雑音にさまたげられた。

そんな緊迫するなかで、第七十二振武隊の隊員たちは、祖国の最後の夜をすごすのです。

荒木幸雄伍長の修養録は記述がとだえています。最後の万世の夜をどんな思いですごしたのか――。書きのこしたものはありません。

荒木より飛行学校入校が一年早い十五期甲の久永正人《ひさながまさと》伍長（二十歳）は、鹿児島県曽《そ》於《お》郡大隅《おおすみ》町の出身です。万世町の東の方、鹿児島湾をまたいだ大隅半島に大隅町はあります。同じ県内の直線距離で六十キロほどしか離れていないところです。しかし、彼らが万世基地に来たことは軍の機密で、すぐに肉親たちに知らせることはできませんでした。

それと知って、家族が大急ぎで万世基地にかけつけたときには、久永伍長は出撃し、離陸したあとだったといわれます。

久永伍長は、肉親と最後の別れのことばを交わすことなく、遺書をのこしました。

遺書

御両親様　久しき間、種々《いろいろ》と有難う御座いました。

軍人正人も最大の名誉とする特攻隊の大命を拝し、勇躍出撃致します。

懐かしの故郷の土地を見て、佐賀県の西往寺《さいおうじ》にて、お母様や家の人の種々と面倒を見て（下さり）家にも帰りたる心地。又、土地の人々が毎日慰問に来て下さいまして、御両親にあったも同じでした。

近所の皆様にも宜《よろ》しく。

又、弟妹等にもしっかり勉強する様伝えて下さい。

最後に姉上様もお体を大切にと呉々《くれぐれ》もよろしく。（中略）

国民皆特攻隊です。

早やもう思い残す事はありません。

今此処《ここ》に写真を同封して送りますから、甚四郎宅に一枚、国民学校に一枚送って下さい。

では呉々もお体を大切に。

正人より

御両親様

辞世《じせい》
大空に大志をいだきて
　日《ひ》の本《もと》によせくる波を何とせん
　　今ぞ征《い》で立つ　若桜花
待ちに待ちたる門出なれ
　笑って散らん　若桜花

少飛十五期　久永正人

三重県四日市市出身の早川勉《はやかわつとむ》伍長（十八歳）は、西往寺へ礼状を書きました。

（前略）我等佐藤隊員滞在中は何かと御厄介に相成り、又出発の際は御遠方の所御見送り下さいまして、誠に有難う御座いました。厚く御礼申上げます。

第二の故郷たるべく楽しく過ごした西往寺が思ひ《い》出となります。今日は万世町はずれの旅館に宿泊致しておりますが、話は皆々様の事ばかりです。

静《しず》ちゃんより戴いたお人形も静ちゃんが共に居ると思って可愛《かわい》がっております。そして、共に空母を轟沈させてあげます。何卒安心の程。

もう我等の命日が何時《いつ》になるかと待つばかりです。皆々様の御期待に背《そむ》かざる様必ずや頑張《がんば》ります。（中略）

尚《なお》、佐藤隊長殿より叔父さん、叔母さんに、初《はつ》ちゃん、シーちゃんによろしくとの事です。

御一同様の御健康と御多福をお祈り申上げます。静ちゃんも立派な乙女となって下さい。

機上にて最後の別れに、今でも静ちゃんのニッコリ笑った姿が目に浮かぶ

特別攻撃隊第七十二振武隊　早川　勉

若い女性たちが惜別の思いをこめ、武運を祈って贈った手作りの乙女人形を、魂の伴《はん》侶《りょ》のごとく最後まで身につけ、あるいは操縦席に飾って、特攻隊員たちの多くが出撃してゆきました。

子犬よさらば、愛しきいのち

十七歳の少年、荒木幸雄伍長は、よく眠れたでしょうか――。

万世《ばんせい》の一夜が明けて、第七十二振武隊の特攻出撃の日は来ました。東の空には朝日がさし、晴れ間がひろがってきていました。

「光陰《こういん》矢ノ如《ごと》シ」「一寸ノ光陰軽ンズベカラズ」と荒木伍長が修養録に記してから、実に一年後のこの日、五月二十六日――。

十名の隊員たちは、朝食をすますとトラックで基地へ向かいます。

宮本誠也軍曹ら第七十二振武隊付きの整備員たちは、前夜から、九九式襲撃機の整備

に追われていました。

この日、まだ暗い午前三時半に、奄美《あまみ》大島の東の喜界島《きかいじま》から、九七式戦闘機の特攻機一機が発進していいます。前進基地の徳之島《とくのしま》で空襲にあい、搭乗機を破壊された第二十一振武隊の隊長、水川禎輔中尉が喜界島に渡り、不時着した第七十八振武隊の田宮治隆少尉機に乗り込み、ふたりして出撃を決行したのでした。

第七十二振武隊の隊長、佐藤睦男中尉は、水川禎輔中尉と同じ航空士官学校五十六期です。大正十年、千葉県の生まれ。士官学校出のエリートとはいえ、まだ弱冠二十三歳の青年将校です。

第七十二振武隊の出撃にあたっては、先導する誘導機も、守ってくれる援護機も、彼らの攻撃を見とどける戦果確認機もつきません。

佐藤中尉は、十機の特攻機の先頭にたって飛びたちます。

沖縄へ六、七百キロ——。二百五十キロ爆弾をかかえて海上を飛び、米軍の迎撃機の群れが待ちかまえるなか、部下の年少の隊員たちを目標の米軍艦船の攻撃へ導き、自ら体当たりを成功させなければなりません。

至難のことです。初陣《ういじん》にして、還《かえ》ることのない、最初で最後の出撃です。

烈々《れつれつ》たる闘志と強固な精神力があればこそできることでしょうが、二十三歳の青年将校には、あまりに重い過酷な任務に思えてなりません。

「人間というものは、使命感を抱き、その使命に誇りを持って燃えることができれば、どんな過酷さにも平気になれるものだ。むしろその過酷さを引き受けることが誇りになる」

とは、陸軍士官学校の教育についてのべられた中條高徳《なかじょうたかのり》さん（陸士六十期、アサヒビール名誉顧問）のことばです（中條高徳『孫娘からの質問状　おじいちゃん戦争のことを教えて』、小学館文庫）。

それは、荒木伍長たち、少年飛行兵についてもいえることでしょう。

佐藤睦男中尉は温厚な人柄だったといわれます。写真を見れば、色白の優しい面《おも》だちです。不言実行の、寡黙《かもく》のひとだったようにも思われます。彼の思いを述べたものを、まだ、私は読むことができないでいます。ただ、ひとつ。目達原《めたばる》の西往寺《さいおうじ》で手にとって見た寄せ書きの、いまも目の奥にのこる墨書《ぼくしょ》した二文字――。

「大死」

このひとことで、胸中の覚悟のほどを示しています。国のためにわがいのちをなげうって、大任を果たす価値ある死を――、という矜恃《きょうじ》（ほこり）を感じさせます。

第七十二振武隊の特攻攻撃をどう成功させるか――。彼は、日夜、心を砕いてその策を練り、隊員たちとも戦法をよく打ちあわせていたと思われます。

陸軍航空本部は、三月、「特攻攻撃戦闘基準」を示しています。特攻隊員たちはそれに基づいて、「特攻戦技」を訓練してきました。

目標の米軍艦船へ向かって飛行する高さは、強襲する場合は高々度を、また、敵に気づかれないように接近して奇襲する場合は超低空を飛ぶ、と決められていました。

沖縄は梅雨に入って天候が悪く、雲は多くて低いはずです。

彼らは援護機もなく行くのです。米軍のレーダーに探知されないように、米軍戦闘機にも発見されないように、海面をはうように超低空を飛ぶことになるに違いありません。

隊長機を先頭に目標の艦船に近づいたら、隊長機が翼をふるなどを合図に、各機は高く低く左右に散開《さんかい》して、示された目標に対して同時に「異なる方向」「異なる高度」から、体当たりの突撃を敢行することになっていました。対空砲火を集中させず、体当たりを成功させるためです。

高度をとって急降下していく場合は、目標の艦船の煙突と艦橋《ブリッジ》の中間を、空母は昇降機《エレベーター》の位置を狙《ねら》え、海面すれすれの超低空で突っ込む場合は、船腹の中央、喫水線《きっすいせん》の間際《まぎわ》に体当たりせよ、と教えられています。

目標をさだめて、突撃開始。全速力で、激突するまでおよそ十数秒――。

特攻隊員に与えられた「極秘特攻隊必携」には、「最後マデ照準セヨ。眼ヲツムルナカレ。眼ヲツムレバ命中セズ」とありました（『と号空中勤務必携』下志津飛行部隊）。

第七十二振武隊の「十六時発進」のときは、刻々と迫っていました。

荒木幸雄は、搭乗機の整備が終わるのを待ち、胴体の下の懸吊架《けんちょうか》に大きな二百五十キロ爆弾一発が着装されるのを、傍《かたわ》らでことば少なに、じっと見まもっていたのではないでしょうか。

わがいのちを一瞬にして奪う、強力な炸薬《さくやく》をつめた黒々とした鋼鉄の塊《かたまり》を見つめる、その胸中は――。生身の人間です、戦慄するもの、心怯《ひる》むものがあって当然です。

しかし、苦悩や不安や恐怖から突き抜けたような、第七十二振武隊の少年飛行兵たちの明るさ、朗らかさは失われなかったように思います。

出発準備がようやく整う十四時ごろのことです。荒木幸雄の目は、近くでちょろちょろと動きまわっている子犬を見つけた、と思われます。

「チロ、チロ」

彼はそう呼んで、手を差しのべたのではないでしょうか。こどものころ、桐生《きりゅう》の生家では子犬を可愛《かわい》がっていました。雑種の犬で、幸雄によくなついていました。犬には犬好きの人間がわかるといいます。子犬は尻尾《しっぽ》をふって荒木伍長のもとに寄ってきたに違いありません。

まだ生後一カ月あまりの雑種の子犬です。伝えられるところでは、基地の整備隊の隊長が野良犬《のらいぬ》の子をひろって餌をやっていたともいわれます。耳のたれた、ちょっとしょぼたれた感じの白と茶のぶちです。

「チロ……！」

荒木伍長はきっと、両の掌《てのひら》ですくうように抱きあげたろうと思われます。子犬のつぶらな目を見て微笑《ほほえ》み、彼はなんと声をかけたでしょう。

いたいけな、小さないのちを抱いて、これまでになく、彼は愛《いと》しく感じたのではないだろうか――。

いのちの温もりを手に感じ、頰《ほほ》を寄せると小さな鼓動さえ伝わってきたのではないだろうか――。

そんなふうに私は思うのです。

病《やまい》で余命少なくなったあるひとは、自分の腕にとまって血を吸っている蚊《か》さえも、いのち愛しく、叩《はた》かず、払わなかった……。また、大手術を受けて死の淵《ふち》から生還したあるひとはいいました。草木の幼い芽吹きにも、一匹の小さな虫にも、いのちの不思議と生きとし生けるものへの愛しさを感じると……。

それに通じるような、この世に生きるものへの切ない惜別の心情が、死を覚悟した十七歳の少年にあったのではないかと思われてなりません。

すぐに、仲間の少年飛行兵たちが荒木伍長と子犬をかこみました。泣きべそでもかいたような悲しげな目をした子犬に、彼らはきっと声をかけたでしょう。

「おい、チビちゃん、元気ないなぁ」

「どうしたよ、おまえ。泣くなって」

「チビちゃん、元気出しなよ」

「大きくなれ、チビちゃん」

朗らかな彼らです。笑い声もはずんだことでしょう。

それを見た新聞カメラマンが寄ってきました。

「写真を撮らせてください。ちょっと並んで、そのまま――」

たぶん、そんなふうにいったはずです。

そこで、彼ら五人は一枚の報道写真におさまることになったのです。

大きく引き伸《の》ばされたその写真の一枚が、いま、私の前にあります。

中央に、身をかがめた荒木幸雄伍長が、子犬を抱いています。右の掌にのせ、左の手で子犬の首元を支えています。それを囲む少年飛行兵たち――。

荒木のむかって右にかがんで、子犬の背に手をさしのべる千田孝正《せんだたかまさ》伍長（十八歳）。その後ろに立つ小柄な高橋峯好《たかはしみねよし》伍長（十七歳）。荒木の左に子犬の頭をなでる早川勉《はやかわつとむ》伍長（十八歳）。その後ろに高橋要《かなめ》伍長（十八歳）がいます。みな、少年飛行兵十五期の仲間です。

すでに、飛行服に飛行帽、縛帯《ばくたい》で身をかためて、出撃の準備を整えています。左の二の腕につけられた第七十二振武《しんぶ》隊のマーク。額にあげた飛行眼鏡が空を映して反射し、襟元《えりもと》に巻いた白いマフラーが凜々《りり》しくあざやかです。

死の出撃まで、二時間――。子犬はしょんぼりして悲しげですが、少年飛行兵たちは悲壮感を感じさせません。

荒木伍長は真《ま》っ直《す》ぐにカメラを見つめて、静かな笑みをたたえ、早川伍長と高橋要伍長は、子犬を見て白い歯を見せて明るく笑っています。

千田伍長は顔をほころばせ、後ろに立つ高橋峯好伍長は、まわりを気にしたのか照れたような茶目っけのある笑みを浮かべて、わきに目をやっています。

迫る死の恐怖を感じさせない、彼らのさわやかな微笑みは、いまも、見るひとの目に焼きつき、心をつかんで離しません。

明日の無き特攻兵が子犬抱き　笑《え》む写し絵は見るに忍びず　辻《つじ》　純子《じゅんこ》

眦《まなじり》を決して敵艦《てきかん》めがけ征《ゆ》く　少年特攻兵の思ひ忘《い》れじ　三森《みもり》エイ子《こ》

仔犬《こいぬ》抱く少年兵の写真《うつしえ》は　今しなに見む《ん》微笑の先に　松林正子《まつばやしまさこ》

この写真の撮影は、「某基地にて」と伝えられました。特攻隊の動向は軍の機密でしたので、基地の名を明らかにすることはできなかったのです。

そこで、「子犬を抱いて微笑《ほほえ》む少年飛行兵たち」の写真が撮られたところは、沖縄特攻の最前線出撃基地としてよく知られた「知覧《ちらん》基地」と一般に思われました。

そして、第七十二振武隊の隊員たちは知覧基地から出撃した、と戦後も久しく考えられてきたのです。

それらに加えて、さらにひとつ、「出撃二時間前に撮影」というふうに伝えられてきたことも、訂正されなければなりません。なぜなら、その日、沖縄地方の悪天候が回復せず、第七十二振武隊の出撃は間際に中止されたからです。

荒木幸雄伍長たちは、明五月二十七日、早朝出撃せよ、と命じられました。

翌朝、はやばやと、彼らは明けきらぬ西の海上へ向かって飛びたつことになります。


はからずも、いのち長らえる十三時間——。

その夜の、人生最後の束《つか》の間《ま》のひとときを、彼らはどう過ごしたのでしょう。

刻一刻、とどまることなく地球の地軸はまわり、仰ぎ見る夜空にまたたく星々はめぐって、時は過ぎてゆきます。

千田伍長は星空を見あげて、飛龍荘の女主人、山下《やました》ソヨさんにいいました。

「あなたたちはいいねぇ……。このきれいな星空も、今夜が見納めだ……。おふくろたちは、どうしているかなぁ……」

そうつぶやいて、千田伍長はいつまでも星空を眺めていた、とソヨさん（故人）は、戦後、苗村七郎さん（元飛行第六十六戦隊員、前述）に語りました。


子犬を抱いて微笑んでいた、あの五人の少年飛行兵のひとり、もっとも小柄な高橋峯好伍長は、横浜市生まれの十七歳四カ月——。あの写真で、荒木幸雄伍長の肩に置いた右手はだぶだぶの飛行服の袖口のうちに隠れそうです。西往寺《さいおうじ》で静枝《しずえ》さんから贈られた手作りの乙女人形「特攻人形」を胸元にさげ、子犬を抱きあげて喜ぶ、あどけなさののこる笑顔の写真もあります。

この夜、彼は父、高橋佐次郎《さじろう》さん（神奈川県横浜市）に最後のはがきを書きました。走り書きで鉛筆の文字が少し乱れています。

父さん母さん、長らく御世話をかけました。
峯好もいよ〳〵出撃します。
では、くれぐれも御身体を大切に。

出撃前夜　五月二十六日記

高橋峯好

第七十二振武隊の第三編隊をひきいる小隊長、新井一夫《あらいかずお》軍曹（二十一歳）は、この日の日誌にこう書き記しています。

五月二十六日
最後の基地、此処《ここ》万世にて、この日誌を書く、現在十三時三十分、出撃いよいよ

十六時に迫る。（中略）
我は日本男子　皇国の御楯《みたて》とならん。
征《ゆ》け、然《しこう》して轟沈《ごうちん》。
本日出撃中止。
明二十七日五時出撃と決定
人生二十二年
長かりし如くにて短き人生
感無量なるものあり

新井一夫（東京都八王子市出身）は、少年のころ、空を飛ぶことを夢見て民間航空のパイロットを志しました。東京都立第二商業学校を卒業すると、十七歳のとき、千葉県の印旛沼《いんばぬま》近くにあった逓信《ていしん》省の航空機乗員養成所に入りました。昭和十六年十二月です。おりから、大東亜戦争（太平洋戦争）が始まりました。彼は翌年には軍人になり、下士官候補生となって陸軍飛行学校へ進みました。

荒木伍長たち少年飛行兵十五期生が朝鮮・平壌の第十三教育飛行隊（のち第二十三錬《れん》成《せい》飛行隊）で実戦機の飛行訓練を受けたとき、新井軍曹はその教官のひとりになっていました。

第七十二振武隊は、教育飛行隊（のち錬成飛行隊）の中隊長と教官とその教え子たちで編成された特攻隊でした。いわゆる「師弟部隊」です。そのため、隊長佐藤睦男中尉の温厚な人柄もあってまとまりがよく、和気藹々《わきあいあい》で団結心がつよかったといわれています。

夜更《ふ》けて、荒木伍長は、はがき二枚をしたためています。

桐生《きりゅう》の家族へ宛てた最後の便りと、目達原《めたばる》の西往寺へ世話になった礼を述べたものです。

そのあと、彼は寝つけなかったのか――。彼は丸刈りの頭に手をやって、髪を切りとり、白紙に包んで角封筒に収めました。遺髪とするためです。特攻戦死者は、遺族へとどけられる遺骨がありません。

次に、彼は左腕の第七十二振武隊のマークをちぎりとりました。

時計の針は、午前零時をまわっています。

人生最後の日、二十七日をむかえました。

午前四時には飛行場へ行き、発進準備を整えなければなりません。

もうしばらくすれば、トラックが来て、彼らは暁闇《ぎようあん》のなかを飛行場へ向かうことになります。

彼は罫紙《けいし》をひろげると、鉛筆を握りました。

めずらしく鉛筆書きのくずした草書体で、しかし、力づよく、走り書きしています。

前略
御両親様始め皆様元気の事と思います。
幸雄は愈々《いよいよ》本二十七日、決戦場へ向け出発します。
就《つ》きましては出撃前夜に刈りたる遺髪及最后まで飛行服に着けてあった七二振武隊の「マーク」をお送り致します。
では呉々《くれぐれ》も御身体を大切に
乱筆にて失礼
幸雄
御両親様

封筒の裏に——

昭　二〇、五、二七
鹿児島県川辺郡《かわなべ》加世田町《かせだ》　飛龍荘

荒木幸雄

と記し、父、丑次《うしじ》さん宛ての表書きは、力のはいった大ぶりの文字で書き、左下に寄せてやや小さく、次の四文字を添えています。

（遺品在中）

第七十二振武隊、暁《あかつき》に発進す

五月二十四日夜に出撃した特攻隊義烈《ぎれつ》空挺隊は、不運でした。

重爆撃機十二機のうち、四機がエンジン不調などで引き返し、数機は沖縄の北・中飛行場に到達する前に撃墜され、あるいは墜落しました。

軍は、五機が北飛行場に、二機が中飛行場に到達したと見ましたが、米軍側の記録によると、一機だけが北飛行場に胴体着陸し、十三人がとびだして滑走路付近の米軍機七機を爆破し二十機に損害を与えました。米軍は大混乱におちいりました。

「北飛行場に異変あり！」

「着陸するな！」

「ほかの飛行場へ向かえ！」

と無電が飛びかいました。北飛行場は使用不能となり、それは二十七日朝までつづきました。

二十七日、軍は、着陸して斬り込んだ空挺隊員と搭乗員は全員戦死したと判断しました。一方、沖縄守備軍（第三十二軍）が死守していた首里《しゅり》防衛線は、ついに崩壊して、米軍が那覇《なは》市内に侵攻してきました。

地下要塞化した首里城を拠点として戦っていた守備軍の司令部は、二十七日、那覇市を放棄して島の南部とへ後退を始めています。

「沖縄ハ本土ナリ。寸地ノ残ルカギリ善戦敢闘スベシ」

参謀本部は、沖縄の守備軍にそう命じます。降伏することは許さず、最後まで戦い抜け、というものです。

南部島尻《しまじり》地区の摩文仁《まぶに》の丘など海岸一帯が、守備軍の最後の抵抗の地となります。

沖縄守備軍が南部へ撤退しはじめた、この二十七日、第七十二振武隊は特攻出撃し、沖縄の南の海へ向かいます。

特攻隊戦没者慰霊平和祈念協会編『特別攻撃隊』に、「特攻隊戦没者名簿」が収録されています。

沖縄戦における陸海軍航空の特攻戦死者の名簿をつぶさに見ていて、気づいたことがありました。

戦死場所は、嘉手納《かでな》沖や慶良間《けらま》沖などと記されたものもありますが、大多数は「沖縄周辺洋上」となっています。三千余名の戦死者のなかで、戦死場所が「沖縄南部海面」と記されているのは、第七十二振武隊の九名だけです。

九州の基地から発進した特攻隊は、多くが沖縄本島の西や北の海で突入し、なかには東の中城湾《なかぐすく》となっているものもありますが、南部海面と記したのは特異です。

なぜなのだろう、と私はながく考えてきました。

このころ、南部海面はどんな状況だったのでしょう。

第七十二振武隊出撃の数日前の「戦況要図」（防衛庁防衛研修所戦史室編　戦史叢書『沖縄・台湾・硫黄島方面　陸軍航空作戦』、朝雲新聞社）を見ると、守備軍が撤退してゆく南部の摩文仁海岸の南に、まるで待ち構えるように、米軍艦船の群がいました。駆逐艦二隻、輸送船一隻、そのほか十二隻の艦船です。

さらに、南部の東側、中城湾の東には、巡洋艦四隻、駆逐艦三隻、掃海艇三十隻、そのほか三十隻と記録されています。

第七十二振武隊は、沖縄本島南部周辺の敵艦船を索《もと》めて攻撃せよ、との命令を受けたのです（第六航空軍司令部・第七十二振武隊戦闘概要）。

南九州の基地から出撃して、沖縄へ向かう特攻機は、目標へ到達するまでにいくつもの難関を越えなければなりません。

第一の関門は、奄美《あまみ》大島付近で哨戒《しょうかい》している、グラマンF6FやコルセアF4Uなどの米軍の迎撃機群です。発見されれば爆弾を捨てて格闘戦に移るというわけにはいきません。敵の一方的な攻撃をかわしながら、目標に到達することは至難のことです。

奄美大島と沖縄本島の間の海上に、東西に展開している米軍の艦艇の対空砲火も回避しなければなりません。

さらに、沖縄本島北西の伊江《いえ》島を基地とする迎撃戦闘機隊が、各高度に分かれて待ち構えています。

最後に、米軍艦艇群が撃ち出す苛烈《かれつ》な対空砲火の弾幕《だんまく》を縫《ぬ》って、めざす目標に突入を敢行するのです。

米軍は、特攻機などの来襲をいち早く探知するために、沖縄本島周辺の遥《はる》かな沖合にレーダーによる哨戒艦《しょうかいかん》（レーダーピケット艦）を配置していました。北方の第一レーダー哨戒地点《ピケットステーション》から時計まわりに十五のレーダー哨戒地点があり、そこには駆逐艦など二隻のレーダーピケット艦とそれを支援する艦艇が常にいました。

第七十二振武隊の飛行経路となると思われる沖縄本島の東の海上には、第四、第五のレーダー哨戒地点があり、本島の南東海上には、第六レーダー哨戒地点がありました。

五月二十七日の天候は、「低気圧東《ひがし》支《し》那《な》海《かい》ヲ東進」「九州、薄曇後晴」「沖縄、雨後曇」と記録されています（第八飛行師団戦闘詳報から前出、『沖縄・台湾・硫黄島方面陸軍航空作戦』）。

第七十二振武隊は、敢《あ》えて、悪天候をついての出撃です。米軍の迎撃機の出動が少なく、雲もあって敵に発見されにくいのですが、隊員たちにとっては視界が悪く、飛行が困難なうえに、目標の米軍艦船がもし発見できなければ、この決死行は裏目に出ます。

荒木伍長たちは、幾重にも立ちはだかる難関を克服しなければ、目標への突入を達成できません。体当たり攻撃の成功を、天に祈る、という心境に至ったとしても、うなずけます。


午前四時すぎ、万世《ばんせい》基地――。

海も浜も黒松林も墨《すみ》ひと色にぬりこめられて、夜の気配を残しています。

まだ暗いなか、二百五十キロ爆弾で爆装した十機の襲撃機が、列線に並べられました。

佐藤《さとう》中尉以下十名の隊員たちは、戦闘指揮所前に整列し、戦隊長に出撃の申告をしました。

戦隊長の激励の訓示を受け、別れの杯《さかずき》をかわします。

隊員たちは、それぞれ、ふるさとの方角に向かって敬礼し、肉親、朋友《ほうゆう》に心のうちで訣別《けつべつ》をつげました。

白《しら》む遥かな東の空をのぞんで、荒木幸雄の胸に去来したものは、なんでしょう。

働き者の父、からだの弱い母、四人の兄弟たち。愛犬チロ――。

桐生《きりゅう》が岡の桜。渡良瀬《わたらせ》川の流れ。草野球に興じた幼友達。河原で飛ばした模型飛行機――。

夜明け前の天満宮《てんまんぐう》で、天神《てんじん》に祈願した日々。陸軍少年飛行兵となる志をとげた、い荒木幸雄は、いままた、天神に祈ったのではないでしょうか。体当たり攻撃の成功を――。特攻攻撃は、自らの死によって完結します。

発進は五時――（注・五時とするもの『陸軍最後の特攻基地』苗村七郎編著、六時とするもの『陸軍航空特別攻撃隊史』生田惇著）。

五分前、十機の襲撃機が排気管から青い火をふいていっせいにエンジンを始動しました。

轟然《ごうぜん》とわきおこった爆音があたりを圧してとどろきます。

全機、エンジン快調です。

「第七十二振武隊、出撃っ。行くぞっ！」

佐藤中尉が手をあげ、号令しました。

「行こうっ！」

少年飛行兵たちはたがいに肩を叩きあい、搭乗機へかけていきます。

整備兵の挙手の礼を受けて、彼らは機上のひととなりました――。

機付長、宮本誠也軍曹から千田孝正伍長の父、千田梧市《ごいち》さんへの手紙前夜二十六日から愛機のつばさの下にうたたねして一夜を明した整備班の我々は四時少しすぎて孝正君等の引きしまった顔を迎えました。神々《こうごう》しいといふ《う》か、力強いと言ふ《う》か、そんなものを感じました。

陽はまだ出て居ません。朝の霞《かすみ》が遠く山や森を下のほうだけかくして南国とは言へ《え》飛行服を通す風が背中にしみ通って何かうすら寒さを与へ《え》ます。

孝正君は飛行機の所へこられました。命令を承《う》けて、既に空母への体当りに目算ある様で自信満々の御様子でした。

ふろしきを出して、「宮本軍曹殿、弁当喰《く》って下さい」「いいよ、君の朝飯だろう」「でも、もう三時間もたてば突込むんだからいらない。今腹もへってないですから」「喰えよ。腹がへっては戦《いくさ》が出来んぞ」「すぐでかい空母を喰ふ《う》んだから弁当なんか喰っては喰いすぎて腹をこわしますよ」と心にくい言葉に私は風呂敷づつみを持たされました。

五時五分前「始動！」の号令で私が廻《まわ》す発動機は勿論、全機快調の爆音を立てると我々は神鷲《かみわし》達に操縦桿をわたします。ああもうこれは死んでも離す事のない操縦桿なのです。車輪止《どめ》ははづ《ず》れました。

一機又一機と出発線に進んで行きます。孝正君はにっこり笑って私に敬礼しました。するすると滑り出す愛機。残念だ。いつもなら必ず千田君と共に空の人となるのに、こんどばかりは一番大切な最後の飛行に取りのこされるとは。私の敬礼する手はふるへ《え》ました。しっかりたのむぞ、千田、いや千田少尉殿、と。

「離陸」。隊長佐藤中尉機が先ず大地をければ、二番機、三番機とでかい爆弾をだいて二度とふれる事のない此の本土を離れます。

六番機、千田機です。笑って居ます。目の前を矢の様に通りすぎると、もう松林の上にぽつんと後ろ姿を見せていました。

全機離陸、一回頭の上をまはる《わ》と、もう堂々たる編隊をくんで居ます。右から二番目、千田機です。そして一路沖縄をさして。此の世にみれんなし、思い残す事なし。ただ悠久の大義に生きる事のみと。

南の空に愛機の見えなくなる迄、私達は力のあらんかぎり飛行帽を振りました。みえなくなった。見ようとして二度と見得ないのだ、万感こもごも至り、笑って去る孝正君のまぼろしを追ひ《い》ました。

「何も言ふ《う》事無し。我幸福なり。大君の華と散り、父母に孝をいたさん。ただお元気でよろしくお便りされたし、ふるさとに」と若き千田少尉殿の声はぬぐっても消えないひびきでした。

ほのぼのと東の空に陽は昇りはじめて、時に五時十五分。
何の音もしない飛行場。はっと気がついて見ると、私は千田君からもらった弁当入《いれ》の風呂敷をぶらさげてつくねんとつっ立って居ました。
（前出、『陸軍最後の特攻基地』）

第七十二振武隊の十機は無事出撃しましたが、金本海流伍長機だけがエンジン不調で途中から引き返してきました（注・金本さんは戦後、迎《むかえ》に改姓、故人）。

ただひとすじに、沖縄の海へ

この二十七日、知覧《ちらん》基地からは、第四百三十一振武隊の紺野孝、鮏川《すけがわ》林三、橋之口勇、廣岡賢載（李賢載）、渡辺綱三各伍長の五名が、九七式戦闘機五機で出撃して帰りませんでした。みな少年飛行兵十四期で、十八、九歳です。戦死場所は、沖縄周辺洋上とあってどのあたりかわかりません。

一方、海軍航空隊は、日没時に鹿屋《かのや》基地から、第二次菊水部隊白菊《しらぎく》隊の川田茂中尉以下二十三名が、機上作業練習機「白菊」十二機で出撃し、夜おそくに突入して戦死しています。戦死場所は、同じく、沖縄周辺洋上と記録されています。

第七十二振武隊（佐藤睦男隊長以下九名）の九機については、「万世飛行場から発進、〇八〇〇沖縄本島南部周辺に進攻し敵船を索《もと》めて全機特攻攻撃を決行――」と防衛庁防衛研修所戦史室編の戦史叢書『沖縄・台湾・硫黄島方面　陸軍航空作戦』の「五月二十七日の艦船攻撃」の項にあります。

第四百三十一振武隊は五機が突入した、とありますが、どこを目標としたのか――。

あるいは、第七十二振武隊と同じコースを飛んだのか、それもわかりません。

万世の粗《あら》い滑走路を全力で駆けぬけて、祖国の大地を離れた荒木幸雄伍長機は、どのように飛んだのでしょう。さまざまな周辺の記録や証言、米軍側の記録などをつきあわせて、ここは推察《すいさつ》するほかにありません。

私はこう想像します――。

西の海上はまだやや暗く、雲におおわれていたはずです。東の空にはちょっと陽がさしましたが、薄雲がかかりました。

第七十二振武隊は「沖縄本島南部海上」をめざします。

佐藤隊長機を先頭に、九機は東シナ海を西寄りに迂回《うかい》して、南へ向かいます。航空本部による「特攻攻撃戦闘基準」は、敵機との遭遇を避けて迂路《うろ》をとり、太陽、風向、風を利用せよ、と指示しています。

沖縄本島の南の海へ到達するには、三時間あまりを要します。

彼らは、海上を超低空飛行で進みます。陸軍航空では、超低空とは高度百メートル以下をいいました。超低空飛行は空気抵抗が大きく、いつもは時速二百数十キロで飛ぶ九九式襲撃機は、二百五十キロという大型爆弾を抱えて、さらに二、三十キロもスピードが落ちて、時速二百キロほどに遅くなっています。

東シナ海を東進している低気圧のせいで気流が乱れて、機がゆれます。うっかり高度を落とすと海面に接して危険です。荒木伍長は、慎重に舵棒《ラダー》を踏み、操縦桿《そうじゅうかん》を握っています。

九九式襲撃機は二人乗りの複座機ですが、特攻機として飛ぶのはひとりです。

無線通信は米軍に探知されないように封鎖されています。だれとも話すことはできません。風防におおわれた前後左右数十センチしかない狭い操縦席です。轟々《ごうごう》と全身を震わすエンジンの爆音が、気分を高揚《こうよう》させますが、胸のうちにひろがる孤独感は……。

それを克服するのは、強烈な闘志と精神力、そして、使命感でしょう。

荒木伍長は前に、手帳の「自己修養」にメモ書きしています。

朗らかな歌を愉快に歌いながら、突進轟沈

特攻の歌

鉄砲玉とはおいらのことよ
待ちに待った門出《じ》ぢゃさらば
友よ　笑《う》ふて今夜の飯は
おれの分迄喰《く》ってくれ

荒木伍長は歌ったでしょうか。豪放《ごうほう》な筆でこの歌を遺書に書き添えた千田孝正伍長は、きっと、操縦席で声高らかに歌ったことでしょう。歌いながら、どうしようもなく涙した隊員もいたかもしれません。

男散るなら　桜の花よ
散りて九段で咲きかへ《え》る
散って行くのは　雷撃魂
笑《う》ふて咲くのは　大和魂

しかし、彼らは、かたときも対空監視を怠ることはできません。いつ、米軍迎撃機が雲間をついて襲撃してくるかもしれないのです。荒木伍長は飛行眼鏡を額にあげて、視野を広くしています。

前方の風防越しに、先をゆく佐藤隊長機が見えます。遅れてはならじ、と荒木伍長機はつづきます。もし遅れてはぐれれば、目標到達はおぼつきません。

荒木伍長は、隊長機の左後ろのわずかに高いところを飛び、佐藤隊長の手信号ひとつ見落とさないように注意しています。

前方の雲が次第に低くなってきました。太陽は見えません。超低空飛行のうえに、視界がひらけず、羅針盤《らしんばん》と航空地図をたよりに針路を求める佐藤隊長にとって、これは非常に難しい航法であったと思われます。初めての海域へ、未経験の長距離海上飛行です。

遥《はる》か東、水平線上の薄雲のなかに、ときおり見え隠れする島影は、吐噶喇《とから》列島の島々です。万世を出て一時間半――。東に奄美大島《あまみおおしま》が、つづいて南東に徳之島《とくのしま》が見えてきました。

隊長機が南々東へ変針して、さらに高度を下げました。米軍のレーダーに映らないように、海面すれすれの超低空をゆきます。荒木伍長は慎重に機の高度を下げました。ほかの七機が後につづいています。

幸い、米軍機の機影はなく、第七十二振武隊の九機は、徳之島と沖永良部島《おきのえらぶじま》の間をぬけて太平洋側へ出ました。それは、佐藤隊長が隊員たちと打ち合わせておいたとおりです。さらに沖縄本島の東の洋上を迂回して、南下します。

前方、右寄りに、晴れた日なら見えてくるはずの沖縄本島の島影は、黒い雨雲におおわれていて見えません。

あの雲の彼方で、守備軍が優勢な米軍を相手に凄絶《せいぜつ》な死闘をつづけている。住民たちは戦火に追われて、いのちを奪われつつある。

援《たす》けなければならない。同胞《どうほう》を護《まも》らなければならない。そう信ずればこそ、いのちをかけて、彼らは征《ゆ》きます。

海上にも、ところどころ、雨が降っているのか、雨雲が海面に垂《た》れこめています。それが米軍の「戦闘空中哨戒機」の活動をさまたげています。

第七十二振武隊は迎撃機の攻撃を受けることなく、南下しました。海上をはうように超低空を飛んで、沖縄本島の南部海面をめざします。

万世を発って、およそ五百五十キロ――。すでに沖縄本島の東を半ば過ぎて、刻々と目標突入の瞬間《とき》が迫っています。

残すところ三十分たらず――。さすがに緊張が高まり、荒木伍長も鼓動の高鳴りをおぼえます。

いまは、「ただ一筋に征《ゆ》く」――。敵艦への体当たりの成功を念じるのみです。

国を憂《うれ》い、家族を思い、愛するものを護るために、至純《しじゅん》の使命感で一途《いちず》に死地へ翔《かけ》つづける若者たち、九人――。

佐藤睦男　二十三歳
新井一夫　二十一歳
久永正人　二十歳
知崎利夫　十九歳
千田孝正　十八歳
早川　勉　十八歳
高橋　要　十八歳
高橋峯好　十七歳
荒木幸雄　十七歳

先頭をゆく佐藤隊長がふりかえり、二番機の荒木伍長を見ました。

（いいか？）

荒木幸雄は手をあげて応えました。

（大丈夫です）

隊長は後続機を見やると、手をあげ右へふりました。

（つづけ！）

隊長機は翼をわずかに右に傾け、斜め右へ変針しました。本島の南の海上へ向かおうとしたに違いありません。

荒木幸雄も舵棒《ラダー》を踏んで、機首を南西へ向けました。各機がつづきます。

私はこう考えます――。

南部海上に到達する前に――。前方のかすむ水平線上に、にわかに浮かびあがった黒い粒の並び。佐藤隊長は見た、幸雄も見た、数隻《すうせき》の敵艦影を――。

彼らは、米軍の第五レーダー哨戒地点の駆逐艦二隻とその支援艦艇群に遭遇したと思われます。

陸軍の特攻隊は、敵艦船を発見次第、攻撃すべし、とされていたといいます。

佐藤隊長は翼をふると、さっと手をあげ、力づよく前へふった。

（突撃にかかれ！）

幸雄の血は一気にたぎった。

隊長機は全力で急上昇していく。

幸雄は機をひねって、エンジン全開で左上へ上昇する。

各機が全速力で左右に展開した。波しぶきをかぶるほどの超低空を直進する機も——。

高く低く、左右から、「同時・多方向からの攻撃」を狙《ねら》い、米軍艦艇に殺到する。

米軍艦艇の対空砲火がいっせいに火を噴いた。無数の曳光弾《えいこうだん》が凄《すさ》まじい赤い火の矢の束となって襲ってきた。高角砲弾がそこここに炸裂《さくれつ》し、爆風が機体を震わせる。

一帯は、たちまち、砲火と硝煙の修羅場《しゅらば》と化した。

三、四百メートルに上昇した幸雄は、米軍艦艇群を見下ろして機をひねり、前方の駆逐艦に狙《ねら》いをつけた。

手早く無電のモールス信号の電鍵《でんけん》を叩く。

・・・《トトト》————《ツ》（ワレトツニュウス）

佐藤隊長機が上空で機首を下げ、突入を開始した。

幸雄は愛するものへ最後の別れを叫んだ。

「………！」

歯をくいしばり、まなじりを決して、操縦桿《そうじゅうかん》を前に押した。レバー全開。エンジンが雄叫《おたけ》びのうなりをあげ、機は駆逐艦めがけて一直線に急降下していく。

幸雄は目前に迫る黒い敵影をにらみつつ、砲火が噴きあげる猛烈な弾幕を衝《つ》いてまっしぐらに突進していった――。

第七十二振武隊の突入の模様を記録したものは、日本側にはひとつもありません。翌々日の新聞の報道に、二十七日朝、出撃した特攻隊の突入とその戦果を報じたものがあります。

朝日新聞(東京)、二十年五月二十九日付、一面――。

中城湾《なかぐすく》の敵艦船猛攻

天候回復　特攻隊大挙出撃

(前段略)

義烈《ぎれつ》空挺部隊の活躍により敵の陸上機の行動低下の機を利し、我特別攻撃隊は悪天候を冒《おか》し沖縄周辺の敵艦船に猛攻撃を加へ《え》つつある。二十七日我特別攻撃隊は午前八時四十四分より同九時に至る間、中城湾にある敵艦船に突入したが、現在までに判明せる戦果は艦種不詳撃沈一隻、撃破一隻である。

特攻隊の隊名は明らかにされていません。

一方、オーストラリアの新聞特派員としてサイパン戦や沖縄戦に従軍して、特攻を目撃し、特攻攻撃を受けた体験を持つデニス・ウォーナー記者とペギー夫人が、膨大な戦闘記録と資料を駆使して著した『ドキュメント神風　特攻作戦の全貌』（妹尾作太男訳、時事通信社）の一九四五年五月二十七日の戦いの記述は、特攻攻撃を受けたときの状況を伝えています。

第七十二振武隊と思われる特攻機の攻撃ぶりをよく伝えている、と私は思います。

二日前、特攻機と桜花《おうか》（注・有翼の人間爆弾ともいうべき特攻専用機）による攻撃を撃退した駆逐艦「ブレイン」と「アンソニー」が、この日、第五レーダー哨戒《しょうかい》地点で日本機による集中攻撃を受けた。悪天候のため、戦闘空中哨戒機の支援が得られなかったので、二隻の駆逐艦は独力で戦った。両艦が二機を撃墜したとき、三番機が「ブレイン」に激突して士官室を破壊した。「アンソニー」の前方を旋回していた四番機がすぐさま損傷した「ブレイン」のうえに急降下したが、対空砲火が命中して、「ブレイン」から二〇メートル離れた海面に墜落した。（中略）

さらにもう一機の特攻機に体当たりされた「ブレイン」は激しく燃えていた。まもなく同艦は海上に停止したまま動かなくなった。二隻の上陸支援艇が「ブレイン」の生存者を収容したが、同艦は戦死六六名、負傷七八名を出した。

この日「出撃機数の割には、日本軍は立派な戦果をあげた」と、デニス・ウォーナー記者とペギー夫人は書いています。

米軍側の記録によると、駆逐艦ブレインは大破し炎上して航行不能になり、駆逐艦アンソニーは一機が体当たりして損傷《ダメージ》を受けました。

両艦がいた第五レーダー哨戒地点は、残波《ざんぱ》岬を基点に東方四十三浬《かいり》地点。それは沖縄本島の金《きん》武湾の東およそ五十キロ、中城《なかぐすく》湾の東北東およそ六十キロあたりです。

私の推察があたっていれば、第七十二振武隊隊員の戦死場所は、「南部海面」ではなく、南部寄りの「東方洋上」というべきところです。

五月二十七日は、日本にとって「海軍記念日」でした。日露戦争で日本海軍がロシア艦隊を迎え撃った日本海海戦で大勝利したことを記念した祝日でした。

日本軍は、この日、計画した特攻機の大挙《たいきょ》出撃ができず、特攻隊三隊と、飛行第六十六戦隊の九九式襲撃機二機をはじめ若干《じゃっかん》を出撃させ、海軍機による夜間、月明下の攻撃も敢行《かんこう》しましたが、悪天候もあって大きな戦果はあげられなかったようです。

日本側の戦果については、「艦種不詳一隻撃沈、艦種不詳一隻航行不能」とも「巡洋艦一隻、駆逐艦三隻、輸送艦二隻を撃沈、その他十一隻を撃破」とも報じられていますが、定かではありません。

ともかくも、沖縄本島の東方海面の米軍第五レーダー哨戒地点にいた駆逐艦ブレインが、特攻機の攻撃を受けて大破炎上し、駆逐艦アンソニーが損傷を負ったことは、記録上、確かなことです。このことは、次の第六章でふたたび記します。

こうして、第七十二振武隊の隊員たちは米軍艦船への突入を遂行《すいこう》し、彼らは任務を果たした、と私は考えます。

感　状

二日後の二十九日、彼らの功績をたたえて、連合艦隊司令長官から感状がおくられ、その殊勲を全軍に布告されました。

第七十二振武隊

陸軍中尉　佐藤睦男
陸軍軍曹　新井一夫
陸軍伍長　荒木幸雄
同　早川　勉
同　高橋峯好
同　久永正人
同　千田孝正
同　高橋　要
同　知崎利夫

第七十二振武隊員トシテ昭和二十年五月二十七日勇躍出撃　跳梁《ちょうりょう》スル敵戦闘機竝《ならび》ニ熾烈《しれつ》ナル防御砲火ヲ冒《おか》シテ沖縄本島周辺ニ蟠踞《ばんきょ》セル敵艦船群ニ対シ必死必中ノ体当リ攻撃ヲ決行シ克《よ》ク艦種不詳一隻ヲ行動不能ニ陥《おちい》ラシメ悠久ノ大義ニ殉ズ　忠誠万世に燦《さん》タリ
仍《よっ》テ茲《ここ》ニ其ノ殊勲ヲ認メ感状を授与シ全軍ニ布告ス
昭和二十年五月二十九日

連合艦隊司令長官　豊田副武《そえむ》

陸軍伍長荒木幸雄は、五月二十七日付で四階級特進、陸軍少尉に任ぜられ、武功抜群の軍人におくられる金鵄《きんし》勲章（功四級）と勲六等単光旭日章《きよくじつ》を授与されます。

しかし、それが肉親に知らされるのは、ずっと先のことです。

荒木幸雄の戦死が桐生《きりゅう》の家族に公式に通知されるのは、終戦後の昭和二十年十一月三十日付の「死亡告知書」で、十二月半ば過ぎのことになります。

ユキは十七歳、特攻で死んだ

荒木幸雄伍長が沖縄の海で特攻戦死を遂げたころ、兄の精一《せいいち》さんは、東北本線の鉄道工事のために、宮城県の鹿島台《かしまだい》町に出張していました。

その日、作業を終えて宿泊先の鹿島台駅前の旅館に帰ると、精一さん宛てに一通の電報がとどけられていました。

「ショウシュウキタ、スグカエレ」チチ

精一さんは、そのとき十八歳九カ月――。兵役法で定められた徴兵適齢（満二十歳）が、昭和十八年十二月、満十九歳に引き下げられています。

二十年二月、桐生西国民学校（小学校）の講堂で徴兵検査を受けました。まだ十九歳に達していないのに召集されるのです。

精一さんは急いで桐生の実家へ帰りました。

父の丑次《うしじ》さんは、軍の召集令状を精一さんに手渡しました。

「精一……。赤紙だ……」

召集令状は薄紅色の紙に刷られていましたから、俗に「赤紙」と呼ばれました。一家の大事な働き手たちも、その一枚の命令書で兵隊にとられ、戦地へ出されました。それらの兵士を俗に「一銭五厘」ともいったのは、郵便料金一銭五厘（のち二銭、終戦時五銭）のはがき一枚で召集されたからです。

荒木精一さんへの召集令状には、新潟県三条《さんじょう》市に駐屯する鉄道部隊（線第一三三五部隊）の教育隊に、六月十日、入隊すべし、とありました。

十七歳の次男が生還は望めない特攻隊員になり、いままた、働き手の十八歳の長男を兵隊にとられる丑次さん、ツマさん夫婦の心中はどうだったでしょう。

このとき、父は四十三歳、母は四十一歳です。

精一さんが家に帰っていた五月の末日、荒木丑次さん宛てに、二通の郵便が配達されました。加世田《かせだ》郵便局の五月二十七日の消印のあるはがきと封書です。配達員から精一さんが受けとりました。

差出人は、荒木幸雄――。

角封筒の宛名のわきに、走り書きされた四文字――。

（遺品在中）

精一さんは、一瞬、全身に冷気を感じました。

（ああ、幸雄はもう、この世にいないのだ……！）

覚悟していたとはいえ、衝撃で声も出ません。

父のところへ行って、

「来たよ……」

と二通をさしだしました。

そのひとことで、父も、母も、すぐに察しました。

三人は無言で、座敷の仏壇の前に座りました。幼い弟たちは学校へ行っていて、家におりません。
まず、はがきを読みました。

最后の便り致します
其後御元気の事と思ひ《い》ます
幸雄は栄ある任務をおび
本日（廿七日）出発致します
必ず大戦果を挙げます
桜咲く九段で会ふ《う》日を待って居ります
どうぞ御身体を大切に
弟達及隣組の皆様に宜敷《よろし》く
さよなら

父も母も声をなくし、涙をこぼしました。
封書をあけると、まず小さな紙包みが出てきました。父が開きました。
そのなかには、ひとつまみの短い髪……。遺骨がわりに、と遺したものです。

遺髪を母は胸にだきしめ、声をふるわせました。

「ユキ……！　ユキ……！」

ユキは十七歳、特攻で死んだ――。死んでしまった――。わが子の名を呼び、母は哭《な》きました。

さらに、飛行服の袖からちぎりとった、第七十二振武《しんぶ》隊のマーク――。鷲《わし》（操縦者）と爆弾と72の数字を図案化したものです。

これは弟の使命感を支えた誇りに違いない。添えられた便箋の走り書きの文字から、出発直前の弟の息遣いが聞こえてくるように、精一さんは感じました。

父は顔をゆがめ、

「ああ、……………」

と吐息《といき》するのみ。悲しみのあまりことばになりません。

父は遺髪とマークと最後の手紙を仏壇にあげ、母は涙あふれるままに燈明《とうみょう》をともしました。

それぞれに線香をあげて、合掌《がっしょう》しました。

精一さんは、瞑目《めいもく》して弟の最期をしのびました。自分より年下の少年飛行兵たちが、敵艦めがけて突入していく姿は、この世のものとも思われず、容易に想像できません。

蠟燭《ろうそく》の火が、なぜか、揺らめきつづけました。

前月、幸雄が帰宅し、家族にとどけていた遺書の封が切られました。「発表されてからお開けください」と表記したものです。

まず、両親に宛てたもの――。

一筆申上げます。

御両親様始め弟達一同、其後御変りなき事と存じます。

幸雄も愈々《いよいよ》特攻隊の一員として沖縄決戦に参じ征《ゆ》くことになりました。

只感慨無量。一撃轟沈を期すのみであります。

顧みれば、幸雄十有余年、何等《なんら》孝を尽くさず今日に到《い》たりました事を御詫《い》び致します。

入隊以来、諸上官殿の教訓により只今特攻隊員として身を国家に捧ぐ。君に忠、親に孝と思召《おぼしめ》され御喜び下さい。

何も思ひ《い》残すことはありません。只一途に邁進致します。

三人の弟を立派な航空兵として国家に役立つ人間に教訓の程御願ひ《い》致します。

では何分御尊体に留意せられ銃後第一線に奮斗《ふんとう》の程切に祈ります。

親戚、隣組の皆様に宜敷く。

さようなら
振武72隊　荒木幸雄拝

御両親様
遺書が母ツマさんの涙を新たにしました。

「御兄上様」と表記された封書の封を切るとき、精一さんは弟が痛ましく思われて、胸が苦しくなりました。

兄上様、永い間御世話に預り有難く御礼申します。

何も思ひ《い》残すことなく死んでゆけます。

只一筋に当たるのみ。

今迄何等御恩返しも出来ず申訳ありませんでした。

此度の出動は幸雄の御恩返しと思ひ《い》御喜び下さい。

戦局も益々苛烈を極める今日、十八歳（注・数え年）の身にて敵に当たるは当然の事なり。兄上様にも今年入隊の事と思ひ《ぃ》ますが、何事も御努力と誠心誠意軍務に勉励されんことを切に祈ります。
御両親様と弟を頼みます。
特に三人の弟には良く御訓育なされ将来立派な日本人として自分の後に続いてくれる様御願ひ《ぃ》致します。
九段の花の下でゆっくり会ひ《ぃ》ましょう。

幸雄

御兄上様

精一さんは、岐阜の各務原で最後に見送った弟の姿を思い起こしていました。朝日の射すなかを、後ろもふりかえらず、毅然として歩み去った弟——。

(幸雄は、もう、前に進むしかないのだ)

と不憫《ふびん》に感じたあのときの思いが、いままたはげしく胸に突きあげてきて、涙してしまいました。

幼い弟たちには「発表されたら開け」としるして、やさしい心遣いのことばを書きつづっていました。

康好《やすよし》、義夫《よしお》、邦起《くにかつ》
一生懸命勉強してうんと御飯を食ふ《う》のだ。
配給だと云《い》ってえんりょするな。
食べなければ大きくならないのだ。
御両親様の云いつけをよく守り、
よき日本人になって呉《く》れ。
小成に安んずる莫《なか》れだ。
ちょっとの成功で誇らず、何事も努力だ。
豊臣秀吉《とよとみひでよし》を思ってやれ。
失敗は成功の本とは一昔（前のこと）なり。

兄

「ユキ……、ユキ……」
くりかえし母はつぶやいて、涙を流しつづけました。

兄の精一さんが鉄道部隊に入隊したのち、六月中旬になって、目達原《めたばる》基地から、佐賀県中原《なかばる》局気付・天風第一八九三四部隊の名で「陸軍特別攻撃隊　荒木幸雄」の私物が、遺品となって送られてきました。

　貯金通帳一、金銭出入簿一、書籍二〇、写真一六、絵葉書一六、自由日記一……

と目録がついています。日頃使っていた財布、万年筆、手袋、箸《はし》箱、歯ブラシ、石鹸《せっけん》などまで。幸雄が実家に送るようにしたものです。

その一つひとつを手にとり、父と母は悲しみを新たにしました。

第七十二振武隊が突入を敢行して、四週間後――。

六月二十三日、沖縄守備軍は、摩文仁《まぶに》など南部海岸地区で玉砕（全滅）します。第三十二軍の軍司令官と参謀長が自決し、日本軍の組織的な戦闘は終わって、沖縄は米軍の手に陥ちました。

美しい緑の島を焦土と化した地上戦で、沖縄県民およそ十五万人が戦火の犠牲になりました。

八月六日、広島市上空に米軍Ｂ29が来襲し、世界初の原子爆弾一発を投下しました。その核爆発の火は、瞬時にして数万の人命《いのち》を灼《や》き殺しました。非戦闘員の婦女子をも大量殺戮《さつりく》する、この無差別爆撃の最たる原爆は、さらに九日、長崎市に投下され、十万余の人々を殺傷しました。原爆はのちのちまで両市でのべ三十余万人のいのちを奪います。八日、ソ連は不可侵条約を破棄して参戦。その大軍が日本の支配下にあった満州（中国東北部）に怒濤《どとう》のように攻め込んできました。

ついに、八月十五日――。日本は連合国に無条件降伏し、敗れました。日本の歴史上、未曾有《みぞう》の敗戦です。必死で祖国を護《まも》ろうとしてきたものが、音をたてて崩壊しました。

航空特攻の最初の命令を下した第一航空艦隊司令長官、ときの軍令部次長、大西瀧治郎中将は、翌十六日未明、東京・渋谷の軍令部次長官舎で割腹し、壮絶な自刃《じじん》をとげます。

遺書

特攻隊の英霊に曰《もう》す　善く戦ひ《い》たり　最後の勝利を信じつつ肉弾として散華せり　然《しか》れ共《ども》其の信念は遂に達成し得ざるに到れり　吾死を以て旧部下の英霊と其の遺

族に謝せんとす

次に一般青少年に告ぐ　我が死にして軽挙は利敵なるを思ひ《い》　聖旨に副《そ》ひ《い》奉《たてまつ》り

自重忍苦《じちょうにんく》するの誡《いましめ》ともならば幸《さいわい》なり　隠忍するとも日本人たるの矜持《きょうじ》を失《う》ふ勿《なか》れ

諸子は国の宝なり　平時に処し猶《なお》克《よ》く特攻精神を堅持し日本民族の福祉と世界人類の為　最善を尽くせよ

大西瀧治郎中将は十六日午後、絶命しました。享年五十四――。

戦争は終わり、空襲を受ける不安、砲爆撃で殺される恐怖は去りましたが、人々は虚脱感に襲われました。なんのために戦ってきたのか、と空しさがみなを覆います。ましてや、わが子を若くして特攻でなくした親の心情は――。想像するにあまりあります。わが子があまりに不憫《ふびん》で、あまりに空しくて、自ら「生きることをやめた」特攻戦死者の母もいました。特攻隊員の母の自死は、戦争中にもありました。

終戦の日、「玉音放送《ぎょくおんほうそう》」（天皇による終戦の詔勅《しょうちょく》のラジオ放送）を聞いて、幸雄の母、ツマさんは泣きました。

「ああ、ユキがかわいそう……。ユキはなぜ死んだ……」

幸雄は陸軍記念日の三月十日に生まれ、海軍記念日の五月二十七日に亡くなりました。軍国日本の男児と生まれて、避けられない役割と不幸を一身に背負うように――。あたら、十七歳の若さで――。恋も知らず、妻もめとらず――。

母は不憫で、不憫でならなかったのです。

戦後、何年たっても、ことあるごとに、母は泣きました。

「ユキがかわいそう……」

そのつぶやきに、わが身を責めるようなひびきがありました。

「母さんが悪いんじゃないよ。幸雄はね、国を護ろうと自分で志願していったんだ。与えられた任務を果たした。運命だったんだ……」

長男の精一さんは、そういって慰めるほかにありませんでした。


戦争で三百万人以上が亡くなり、街は焼け野原となって、国土も、人心も荒廃しました。住む家もなく、食べ物は極度に不足して、餓死者さえ出ました。

日本は、米軍をはじめとする連合国軍の占領下におかれます。

敗戦で、すべてがくつがえりました。

それまで、特攻戦死者を「軍神」とたたえ、崇《あが》めていたひとたちも、多くが掌《てのひら》を返したように冷淡になり、心ないひとたちは特攻戦死者を「犬死に」呼ばわりしました。特攻隊の生き残りのひとたちのことを、「特攻帰り」「特攻くずれ」などと悪しざまにいいました。

特攻戦死者の遺族は、そんな世間の浅薄な冷酷さにも、じっと耐えなければなりませんでした。

戦争の犠牲者のことは、日々に記憶から遠のき、忘れられていきます。

十二月半ばすぎ、赤城《あかぎ》颪《おろし》の冷たい空《から》っ風が吹く日、一通の封書が荒木家に届けられます。桐生市長からの文書で、ザラ紙のガリ版刷りの文面に、氏名、日時、場所などを書き込んだものでした。

兵社収第一二八号　昭和二〇年一二月一八日　桐生市長

御遺族　荒木丑次殿

戦没者ニ関スル件通知

陸軍少尉荒木幸雄殿ニハ昭和二〇年五月二七日　沖縄付近ノ戦斗《せんとう》ニ於《おい》テ戦死セラレシ旨別紙ノ通リ公報有之《これあり》候《そうろう》ニ付キ御通知申上グルト共ニ弔意ヲ表シ候

同封された別紙一枚――。

前聯戦第九十一号
　死亡告知書
　　本籍　桐生市宮前町二丁目――番地ノ一
　　　　　　陸軍少尉　荒木幸雄
右昭和二十年五月二十七日沖縄付近ノ戦斗ニ於テ戦死セラレ候条　此段《このだん》通知候也
追而《おって》市町村長ニ対スル死亡報告ハ戸籍法第百十九条ニ依《よ》リ官ニ於テ処理可致《いたすべく》候
　昭和　廿《にじゅう》年十一月参拾《さんじゅう》日
　　　　　　前橋聯隊《れんたい》区司令官　江口一郎
留守担当者　父　荒木丑次殿

年明けて、二十一年三月十六日、荒木幸雄の遺骨のない「白木の箱」が、桐生駅着の列車でふるさとに「帰還」します。
特攻隊義烈空挺隊の重爆撃機を操縦して、沖縄に強行突入した、桐生市出身の町田一郎中尉（戦死後中佐、享年二十二）も、白木の箱で還《かえ》りました。

桐生市長からの通知を受けて、市役所に出向いた荒木幸雄の父、丑次さんは、係員から、遺骨にかわるものがなにかありませんか、と問われます。

四月二十日、午前九時から、第二十六回戦没者合同市葬が昭和国民学校（現在、桐生市立南小学校に統合）の講堂で執り行われました。戦没者四十六名——。父、丑次さんと母、ツマさんが式に参列しました。荒木幸雄の「英霊」として、遺髪をおさめた白木の箱と位牌が祭壇に安置されました。

市長からあらかじめ届けられた文書には、「写真、銘旗及ビ膳《ぜん》ハ式場ニ配列セザルニツキ御了知セラレタキコト。各英霊ノ花輪、弔旗等モ式場ニ配列セザルニツキ御了知相成度ク」などとあります。

戦没者を弔うのに、なにゆえに、遺影もなく、花輪もなく、密《ひそ》やかに葬儀はいとなまれなければならなかったのでしょうか。「戦死した軍人を弔うが、顕彰するものではない」という占領軍への気兼ね、慮《おもんぱか》りがあったのだろうと思われます。

荒木幸雄の遺族に対する感状の伝達は、さらに遅れます。

群世庶第一一六号

感状伝達ニ関スル件通牒《つうちょう》

昭和二十一年五月十三日

群馬地方世話部長

荒木丑次殿

航空特別攻撃隊員トシテ赫々《かくかく》タル武勲ヲ樹《た》テ終《つい》ニ名誉ノ戦死ヲ遂ゲラレタル故陸軍少尉荒木幸雄殿ノ遺勲ニ対シ授与セラレタル感状ノ伝達式ヲ来ル五月十七日十一時当部ニ於テ執行可致候《いたすべく》条《よって》御出頭煩度《わずらわしたく》及通牒候也

国の危急に殉《じゅん》じて、荒木幸雄が沖縄の海で特攻死を遂げてから、すでに一年近い年月が流れています。

十七歳で果てた息子の感状を受けとるために、父は、どんな面持ちで列車に揺られ、前橋《まえばし》の県庁へ向かったのでしょうか——。

労多く、働き者だった父、丑次さんは、昭和四十二年一月十一日、心不全で亡くなりました。享年六十五でした。

幸雄はいつも母のからだのことを気にかけていました。ツマさんはあまり丈夫でなかったからです。幸雄はこどものころ、医者に母の「薬もらい」によく行っていました。岐阜・各務原で兄と語った最後の夜も、「母ちゃんのこと、頼むよ」とくりかえし言って、幸雄は発っていったのでした。

母、ツマさんは、晩年、脳卒中で寝たきりになりましたが、兄の精一さん、千恵子《ちえこ》さん夫妻の手厚い介護を受けて、昭和六十三年三月三十一日、天寿をまっとうし、八十三歳で他界しました。

桐生川を北へさかのぼっていった梅田《うめだ》の山間《やまあい》にある、鶴松山高園寺《かくしょうざんこうえんじ》の墓地に、父と母が眠る荒木家のお墓があり、そのかたわらに寄り添うように「陸軍少尉 荒木幸雄之墓」があります。側面に刻まれた法名「天幸院忠巌義光居士《てんこういんちゆうげんぎこうこじ》」の文字がうすく苔《こけ》むして、半世紀の歳月《としつき》のながれを感じさせます。

墓地の草木が芽吹き、白木蓮《はくもくれん》の花が咲きそめる日、温かい春の光が親と子の墓をつつんでいました。

蒼《あお》い天空を翔《かけ》ていく、飛行機雲が白くひとすじ——。

荒木幸雄は、十七歳の少年のまま——。親子して、いま、彼《あ》の世でなにを語っているのでしょうか。

第六章　夏のメモワール

特攻出撃の地「万世を忘れないで」

一九九二年（平成四）の夏の日の昼さがり、東京はJR渋谷駅のハチ公像前で、私は松木征二《まつきせいじ》プロデューサーとひと待ちをしていました。

私たちは、映画『月光の夏』の企画プロデューサーとして行動をともにしていました。

このとき、炎天下の九州で、映画のロケーションが進んでいました。神山征二郎《こうやませいじろう》監督のもと、仲代達矢《なかだいたつや》、渡辺美佐子《わたなべみさこ》、若村麻由美《わかむらまゆみ》、田中実《たなかみのる》、永野典勝《ながののりかつ》、山本圭《やまもとけい》、田村高廣《たむらたかひろ》、内藤武敏《ないとうたけとし》さんほかの出演で、連日、撮影がつづいています。

映画は、作ることはできても、多くのひとに観せることが難しい。どんなによく作られた映画でも、観客動員ができなければ、失敗作としてオクラ入りになるのです。原作と脚本を書き、企画者でもある私の責任は重いと認識していました。

私たちは、観客層をひろめることに取りかかっていました。その一環として、映画がえがく陸軍特別操縦見習士官（特操）、少年飛行兵（少飛）のゆかりの人々に協力と支援をおねがいしたいと考えました。

そこで関係者の知人（森山正春《もりやままさはる》さん）の紹介でまず会うことになったのが、いみじくも、荒木幸雄《あらきゆきお》が学んだ大刀洗《たちあらい》陸軍飛行学校甘木《あまぎ》生徒隊で十五期乙の同期のひとたちです。「少飛十五期大刀飛会《たちひかい》」の会長の仁木勝美《にきかつみ》さん、事務局長の比企義男《ひきよしお》さんに初めて会って、協力を依頼しました。

比企さんは、荒木幸雄伍長（戦死後、少尉）と同じ中隊の同じ班でした。

おふたりの世話で、次に、私は少年飛行兵出身者の全国組織である「少飛会」の事務局長に会います。そのひとは、西川信義《にしかわのぶよし》さん――。

第七十二振武《しんぶ》隊で荒木幸雄伍長と行動をともにした小隊長の西川信義元軍曹です。中国・徐州《じょしゅう》近くで米軍P51戦闘機に襲われ、搭乗機が炎上して大火傷《やけど》を負って隊を離れたのでした。

東京・立川《たちかわ》市に住む西川さんに、映画のことで私はなんどか電話しながら、西川さんが荒木幸雄伍長の教官（班長）だったひととは、そのとき気づきませんでした。私は映画のことで追われていました。

朝鮮・平壌の錬成《れんせい》飛行隊のころの荒木幸雄のこと、第七十二振武隊でのことなど、貴重な証言を聞くこともなかったのです。

私が会った西川さんは温厚な感じのひとで、大火傷をした顔の傷痕《きずあと》には私は気づきませんでした。

残念なことに、西川さんは二〇〇二年に逝去《せいきょ》されています。

一九四五年（昭和二十）五月二日、搭乗機が被弾、不時着して九死に一生を得た西川軍曹は、顔面などの大火傷で徐州野戦病院に収容されました。一時、重体と伝えられましたが、いのちは取りとめました。

敗戦後、朝鮮・釜山《プサン》から船に乗り、山口県の萩《はぎ》港に上陸して、十月十八日に東京・立川市の実家に帰りつきます。負傷後、顔を剃《そ》ることもなく、髭《ひげ》ぼうぼうの姿でした。当時の日記に「（剃って）髭と別れる。長さ八センチもあった」とあります。

このたび、西川さんが生前に記されたものを読んで、その胸のうちにあった深い痛恨《つうこん》の思いを知りました。

『吾が体験記』のあとがきに、こう書かれています。

国家の危機に殉じ、若き生命をなげうって、ただ一筋に敵空母に体当たりを敢行した、特攻隊員の御霊《みたま》安かれと祈るのみ。

西川軍曹（私）は入院加療中であったため、六月下旬退院した後、（第七十二振武隊が）出撃戦死した事実を知る。

ああ残念、おれを残して皆沖縄で散っていったのか。飛行機は米機に焼かれ、隊員は誰も居ない。平壌の原隊で終戦。慚愧《ざんき》の至りこの上なし。

生き残った隊員、死んだ者達の事を考えると、これも致し方のない運命であったのであろうか。

翌二十一年、顔の火傷の痛みも和《やわ》らぐ春になって、隊員の墓参に出発した。班長と一緒に死ぬのだから、と説得した本人が生き残り、言われた隊員は（戦死して）残念に思っただろう。墓に詣《もう》でて、お詫びを申し上げたい気持ちであった。

当時、汽車の切符を購入するのは、それは大変で、一日何枚とか何人とか制限があったので、何日も何日も並んでやっと手に入れた。食糧（米）持参で、宿は戦友宅に世話になって、東海↓中国↓九州↓山陰↓東京と約三週間を要したが、残念ながら鹿児島までは行けなかった。

墓参りしてお詫びして済む訳でもない。特攻隊員でありながら、敵機の攻撃のため負傷したとはいえ、生き残って復員してよかったのであろうか、と思った。

日本の敗戦！　勝つと信じて体当たりした隊員達は、無駄死にであったのであろうか。いや、（彼らの）尊い犠牲のもとに今日の平和な日本国になったのであろう。

英霊よ、安らかに！　合掌

自分が生き残ったことに重い負い目を感じて、西川信義さんは特攻戦死した隊員への慰霊と詫びの行脚《あんぎゃ》に出ます。

日記によると、帰郷した翌月には、さっそく東京・八王子《はちおうじ》市の新井一夫《あらいかずお》軍曹（戦死後、少尉）の遺族と横浜市の高橋峯好《たかはしみねよし》伍長（戦死後、少尉）の遺族を訪ねています。

「高橋峯好君の姉さんより便りあり、『姉として何一つしてやれなかった私を最後まで心配してくれた弟でした。想うたびに泣けてきて仕方ありません。生きていて呉《く》れたらと、はかない望みを何度持ちました事でしょう。夢に出て来る弟を泣いて抱きしめた事もたびたびです。眠れぬ夜は何時《いつ》も峯好の事が想われて参ります』嗚呼《ああ》、七十二隊の勇士よ、英霊の冥福を衷心《ちゅうしん》よりお祈りする」

十一月十五日、西川さんは、桐生《きりゅう》市宮前《みやまえ》町の荒木家を訪れました。

「本日は桐生の荒木宅を訪問。上野、小山《おやま》を経て十五時頃到着。七十二隊の詳細な報告を申し上げ、御両親共に残念がって居られた。一泊。幸雄君と一緒に寝た感じであった」

と日記にあります。

荒木精一《せいいち》さんが父、丑次《うしじ》さんから聞いた話では、西川さんの顔には痛々しい火傷の痕《あと》が残っていたといいます。

西川さんは、荒木幸雄の位牌《いはい》を安置した仏壇に向かい、合掌しました。

仏壇の前に座って肩を落とし、長い時間、男泣きしていた西川さんの姿は、国民学校

（小学校）六年だった四男の義夫《よしお》さんにつよい印象をのこしました。

その夜、荒木家に泊まった西川さんは、第七十二振武隊の編成のこと、隊長僚機（二番機）として飛んだ荒木機のことなどを細かく図示して説明しています。

それらの記録や、少飛十五期大刀飛会会報『あまぎ』、比企義男さんほかの証言、資料が、このたび本書を書きすすめる有力な裏打ちになりました。

本書を書くべく、それらが備えられていたように、私はいま感じます。


一九九三年四月、大阪市の朝日生命ホールで、映画『月光の夏』の試写会が開かれたときのことです。私はステージに立ち、挨拶に代えてこの映画を作った趣旨をスピーチしました。

話し終わってステージを降りるや、すぐに年配の男性が来られて、私の手を取らんばかりにロビーへ連れていかれました。

「どうか、万世《ばんせい》基地のことを、あなたは忘れないでください。万世から出ていった特攻隊のことを忘れないでください」

真剣なまなざしで熱心に話された、そのひとは、万世基地で戦い、特攻隊員たちを送り出した飛行第六十六戦隊の小隊長、元少尉の苗村七郎《なえむらしちろう》さん（特操一期）でした。

私は苗村さんのことばを心に刻みました。

万世基地の存在は知っていました。あの「子犬を抱いて微笑《ほほえ》む少年飛行兵」の第七十二振武隊が出撃したところです。

私は、一九九二年、加世田《かせだ》市の万世基地跡を一度訪ねています。

鹿児島県知覧《ちらん》町の「知覧特攻平和観音堂」では、毎年五月三日、全国から元特攻隊の関係者、遺族、航空隊関係者と地元のひとたちが集まって、特攻戦死者の慰霊祭がひらかれます。私は慰霊祭に参列したあと、万世基地跡を訪ねる機会がありました。

加世田市高橋の基地跡の一隅に、特攻慰霊碑「よろずよに」が、苗村さんはじめ多くの関係者の志を集めて、七二年に建立されていました。白御影石《しろみかげいし》の碑の見上げる高い位置に、大空を仰ぐ特攻隊員のレリーフがかかげられています。

太平洋戦争末期の沖縄戦下、飛行第六十六戦隊、飛行第五十五戦隊がここを基地として戦い、全国から、朝鮮から、満州（中国東北部）から飛来した特攻隊が、この地から沖縄の空へ向けて発進して、のべ二百一名が戦死しました。

私は、特攻機が飛びたった滑走路の跡に立ち、この地で祖国に訣別をつげた特攻隊員の胸中をしのびたいと思いました。しかし、基地の営門が黒ずんで残るのみで、当時の情景をとどめるものはありません。飛行場の跡は、一部は造成中の吹上浜《ふきあげはま》海浜公園の敷地になり、多くが一面のたばこ畑に変わっていました。滑走路跡はわからず、しかたなく、私は公園の広場にひとり、しばらくたたずみました。

十二年後、私はふたたび、万世基地跡を訪れます。

黒潮の海にいまも眠るもの

一九九三年五月、亜熱帯の陽光耀《かがや》くある日、沖縄本島の南端、玉砕《ぎょくさい》の地の摩文仁《まぶに》の丘のうえに建つ、小さな「特攻之碑」(飛行第十九戦隊慰霊碑)の前に私はいました。

足元の珊瑚《さんご》石灰岩の断崖の下には、珊瑚礁のエメラルド・グリーンの海があり、その向こうに黒潮の海が果てしなくひろがっています。

碑の前で、私は那覇市に住む古波津里英《こはつさとひで》さん(沖縄・玉城村《たまぐすくそん》生まれ)と会いました。古波津さんは特操一期出身の元少尉で、東京の空に来襲する米軍機と戦う防空戦闘機隊、飛行第二百四十四戦隊の戦闘機乗りでした。三式戦闘機「飛燕《ひえん》」に乗っていました。一九四五年四月、来襲した米軍超重爆撃機B29に、東京・調布《ちようふ》市上空で体当たりして撃墜し、落下傘で生還したという特異な体験の持ち主です。

そののち、古波津さんは知覧基地へ移り、最新鋭の五式戦闘機で、知覧から出撃する特攻機の援護機として飛び、死地へ赴《おもむ》く多くの特攻隊員を見送りました。徳之島《とくのしま》あたりで翼をふって、特攻隊員と別れるときが辛かったといいます。

古波津さんは月に一度は「特攻之碑」にまいって、東西南北に手を合わせる。沖縄のまわりの海は特攻の墓場だというのです。たしかに、一千機以上の特攻機が沈んでいる。

若いひとたちは、戦争中によく歌われた「海ゆかば」という歌を知っているでしょうか。

海ゆかば水漬《みづ》くかばね　山ゆかば草むすかばね
大君《おおきみ》の辺《へ》にこそ死なめ　かへり《え》みはせじ

天皇陛下のためなら、海で死んで沈み、山で斃《たお》れて屍《しかばね》に草生《くさむ》しても、悔いはない、と荘重な調べで歌うものです。出征《しゆっせい》する軍人を送るときも、戦死者の遺骨を白木の箱で迎えるときも、この歌が歌われました。国民学校のころも、中学校のころも、私たちはことあるごとに、「海ゆかば」を歌わされました。

私は思います――。

特攻の若者たちは国のために犠牲になった、といいながら、国は、私たちは、彼らの遺骨の一片も拾おうとしたでしょうか。

そこは日本の領海です。せめて、沖合十キロや二十キロあたりまでなら、そんなに深い海ではありません。

珊瑚礁のエメラルド・グリーンの海――。その向こうに北上する黒潮の流れ――。観光の若者にとっては、マリン・レジャーの海でしょう。しかし、その海の光のとどかぬ水底《みなそこ》に、特攻で逝《い》った若者たちは、いまなお、水漬く屍《かばね》のまま、眠っています。

彼らのことを忘れてはならない、と思うのです。

摩文仁の丘から黒潮の海をのぞみながら、私は記録映像で見た特攻機突入の凄絶《せいぜつ》な情景を思い浮かべていました。

あの第七十二振武隊の九機は、摩文仁の南の海に沈んでいる、と思っていました。


当時、テレビの番組制作にもかかわっていた私は、一九九五年八月十五日、ＴＢＳの「モーニングＥｙｅ」で終戦五十周年記念特集「特攻――そのとき母は……」を企画・構成しました。第五章でふれた「特攻の母の自死」については、このワイド番組で伝えたのでした。

沖縄の海に沈んだままになっている戦没した特攻隊員と特攻機が、国民の多くから忘れ去られていることが、私はずっと気にかかっていました。その犠牲の姿に光をあてる「水底《みなそこ》の鎮魂《ちんこん》」の報道スペシャルを企画しましたが、力及ばず、放送するにいたりませんでした。

そこで私は、「特攻の海」に沈んだままになっている、征《ゆ》き逝《ゆ》きし若者たちのことを、小説の形で書き伝えたい、と考えるようになります。平和の礎《いしずえ》となった戦争犠牲者を忘れ果てている今日の世相に対する批判もあって――。

二〇〇〇年の夏、沖縄の小島へ取材に出かけました。小説の舞台になる「西ノ小島《いりのこじま》」は、那覇市の北西六十キロの海に浮かぶ粟国島《あぐに》がモデルです。特攻機突入の情況を目の当《あ》たりにしていた島です。

さまざまな事実と体験者の証言をふまえて、私は小説『月光の海』(講談社文庫)を書きました。特攻の海に浮かぶ孤島、西ノ小島のギタラ（注・沖縄弁《うちなーぐち》で崖《がけ》のこと）の上でくりひろげられる、生と死と愛の人間ドラマです。

対空砲火を受けて突入に失敗し、不時着水したところを島人に救出された、学徒出身の速水圭一郎《はやみけいいちろう》少尉。かたや、被弾して着水したもののライフボートが風に流されてこの島に漂着し、捕虜になった米軍戦闘機隊長、ウィリアム・ライアン大尉。ふたりは、米軍が上陸してくるまでの数日、崖の洞窟《どうくつ》で起居をともにすることになります。

ビル（ウィリアム）はロサンゼルス育ちで、こどものころ、日系人一家と家族同様に過ごしたことがありました。相戦う日米のふたりの間に理解と友情が芽生えます。

なぜ、死を覚悟して特攻出撃したのか――。速水はビルに問われます。

その一場面を引用します――。


「ハヤミ。モウヒトツ、答エテクレ。キミハ、天皇陛下ノタメニ、死ノウト思ッタノカ」

ビルがじっと速水を見た。

速水は考えた。特攻隊員に指名されたとき、実は、死刑の宣告を受けたような気になった、というのが偽《いつわ》らざるところである。表向きは潔《いさぎよ》く「悠久《ゆうきゅう》の大義」に生きる覚悟、といいながら、本当に、天皇のために死ねるのか、と自らに問いつめた結果は、否《いな》であった。自分にとって、天皇陛下は雲の上の存在である。

「ノー」

「デハ、ナゼ？」

なぜ、と問われて、また考える。このままいけば、日本の国土は破壊と殺戮《さつりく》の修《しゅ》羅《ら》場《ば》になる。烈しい懊悩《おうのう》のあげくに、死を覚悟するに至ったのは、ただただ、愛する者のいのちを守りたい、ということであった。せめても、自分の死が役立つならば――。ふるさとの山河を戦火の蹂躙《じゅうりん》から守り、さらに強いていうなら、民族の未来を守りたいという、痛切な思いからであった。

「愛する者のいのちを守るために」

確固たる思いを速水は口にした。ビルはうなずき、なお熱いまなざしを動かそうとしない。速水は重ねて言った。

「わが母を……、そして……」

ふっと、また従姉妹《いとこ》の藤林みどりの面影が浮かぶ。

「愛スル者ノイノチヲ守ルタメニ……?」

ビルは問い返し、深くうなずく。速水は言い足《た》した。

「仲間の加賀《かが》少尉は、讃美歌《さんびか》を歌いつつ突入した」

「ホワット⁉　讃美歌ヲ⁉」

「主よ、みもとに近づかん、と……」

ビルは目を見ひらき、うめくような驚きの声を発した。速水は言った。

「われわれは、民族の未来を守りたいのだ」

「大キナ愛ダ……!　イエス・キリストハ言ッタ。人ガソノ友ノタメニ自分ノ命ヲ捨テルコト、コレヨリモ大キイ愛ハナイ、ト」（注・『新約聖書』、ヨハネによる福音書

一五・一三)

ビルが目を輝かせた。

「アメリカ軍ハ、日本軍ノカミカゼヲ、自殺部隊《スーサイダルスコーズ》ト呼ンデイル。アメリカ人ニハトテモ理解デキナイ。ヒドイ、狂ッタ作戦ダ。司令部ノ作戦、クレイジーダ。シカシ、カミカゼ・パイロットヲ馬鹿爆弾《バカボム》トイッテ笑ウコト、ソレ間違イダ。私、ソウ思ッテイタ」

「……?」

ライアン大尉の言葉が意外だった。

「ソノ勇気……、ソシテ、自己犠牲……」

とビルはつぶやき、速水に手をさしのべた。

「アイ・ハブ・リスペクト・フォ・カミカゼ・パイロット(特攻隊員に敬意を表する)。マイ・フレンド!(わが友よ)」

速水は急に胸につまるものがあって、言葉にならず、黙ってビルの手を握り返した。

(第一章「白い崖」)

このくだりの特攻隊員の思いは、多くを語らず任務を遂行した荒木幸雄や多くの少年飛行兵の真情にも、共通するものがあろうと思います。

凄絶な体当たりの特攻攻撃にさらされた米軍の兵士は、驚愕《きょうがく》し、戦慄《せんりつ》し、馬鹿爆弾などと嘲《あざけ》りつつも、その恐怖から戦闘神経症になって落伍《らくご》した者が少なくなかったといいます。

ライアン大尉は南西諸島の某島に捕虜となって囚《とら》われていた実在の某少佐をモデルに描いたのですが、敢然《かんぜん》と死の体当たりをしてくる特攻隊員たちの姿に、驚異的な勇気と自己犠牲の貴さを感じていた米軍将兵もわずかではあれ、たしかにいたのです。

祖国のために殉じた特攻隊員のことを、「人間とは思えぬ、無謀で凶暴な狂信者」とか「洗脳されたヒステリー集団」などと誤解しているひとは、海外だけでなく国内にもいます。その犠牲について、無知で、無関心のひとも多くいます。

パリ生まれのジャーナリスト、ベルナール・ミローの著書『KAMIKAZE 神風』(内藤一郎訳、早川書房)は、西欧人の偏見を離れ、特攻に関して研究した成果を述べたものです。

ミローのことばには、読むべきものがあります。

（特攻の本質的な特徴は）単に多数の敵を自分同様の死にひきずりこもうとして、生きた人間が一種の人間爆弾と化して敵にとびかかるという、その行為にあるのではない。その真の特徴は、この行動を成就《じょうじゅ》するために、決行に先んじて数日前、ときとして数ケ月も前から、あらかじめその決心がなされていたという点にある。

（第一章「驚くべき日本」）

戦後かなり広範に行われたアンケート調査によって、これら特攻に散華《さんげ》した若者たちの人となりに、光をあてることになった事実である。特攻隊員に関して真実を知りたいと願う有志の手で、多くの調査報告がなされている。

これらの調査のほとんど全部が一致して報告していることは、特攻で散った若者の圧倒的な大多数のものが、各自の家庭にあっては最もよき息子であったということの発見である。きわめて稀《まれ》な少数の例外を除いて、彼らのほとんどは最も愛情深く、高い教養を受け、すれてもひねくれてもいず、生活態度の清潔な青年たちであった。そして両親に最も満足を与えていた存在だったのである。——

このようにすぐれた息子たちであっただけに、そのような者が特攻に散華したことは、遺族たちの悲嘆と痛惜をいっそう深めたのであったが、またアンケートの結果判明したこのような事実は、我々西欧社会のあいだにあまりにも普及して通説になってしまっている観念、すなわち彼らが人間らしい感情をもち合わせず、人間の尊厳について無感動な、いまわしい集団心理に踊らされた動物だったという見方に、真向から痛撃を加えて、それがいかに甚しく誤っているかということを、いやおうなく悟《さと》らしめるのである。

ほんのひとにぎりの狂躁《きようそう》的人間なら、世界のどの国だってかならず存在する。彼ら日本の特攻隊員たちはまったくその反対で、冷静で、正常な意識をもち、意欲的で、かつ明晰《めいせき》な人間だったのである。

多くの特攻隊員たちの書き残したものや、彼らを知る人々の談話の中からうかがい知れる勇気を秘めたおだやかさや、理性をともなった決意というものもまた、彼らの行為が激情や憤怒《ふんぬ》の発作《ほつさ》であったとする意見を粉砕するに十分である。

（最終章「遺書」）

言い得ている――。自己犠牲の行為としての特攻死の本質的な特徴を、よくとらえていると思います。ベルナール・ミローの卓見《たつけん》の文章を読んでいて、私は、あの出撃前に子犬を抱いて微笑《ほほえ》む少年飛行兵たちの姿が、目の前にクローズアップされて見えてきました。

彼らはもの言わず、静かに、ただ微笑んでいます。

北緯二六度二五分、東経一二八度三〇分

第七十二振武隊の隊員九名の戦死場所は、さきに述べたように「沖縄南部海面」とされています。

万世《ばんせい》基地から発進した九機の特攻機は、どんなコースを飛んで、沖縄本島の南へ向かったのか――。その記録はなく、推《お》しはかるほかにありません。

私は、特攻機の援護機として飛んだ古波津里英《こはつさとひで》さん（元飛行第二百四十戦隊、少尉・前述）の証言をもとに、第百十二振武隊の飛行コースを、その手がかりにしました。

第百十二振武隊の十二名の隊員は、第十次航空総攻撃（菊水《きくすい》九号作戦）が敢行された昭和二十年六月三日、旧式の九七式戦闘機で知覧《ちらん》基地から発進し、十一機が沖縄本島南東の中城《なかぐすく》湾の米軍艦船への突入をめざしています。

この隊員のなかに、古波津少尉の親友、日系二世の高村統一郎《たかむらとういちろう》少尉（特操一期、ホノルル出身・日米両国籍）がいました。

第百十二振武隊の出撃の情況を、私は小説『青天の星』（光人社）にこう書いています。すべて、事実に基づいています。

知覧基地の戦闘指揮所前で、高村少尉ら第一一二振武隊（注・別称、必殺隊）の十二名の隊員は、四機の直掩機《ちょくえんき》（注・直接援護機）の搭乗員と別れの杯《さかずき》を交わした。九名は少年飛行兵一五期のまだ童顔の残る若者たちである。「必殺」と墨書した日の丸の鉢巻きをしめた高村少尉と、古波津は無言で再会を誓った。

（いずれ、おれもゆく――）（中略）

スピードに優る五式戦の直掩機が、特攻機の後から離陸する。

九七戦四機ずつからなる三編隊の、第二編隊の一番機として高村少尉はゆく。エンジンが始動し、爆音高くプロペラがまわった。

見守る古波津を、機上の高村少尉が手招きした。古波津がかけよると、高村少尉は手をさしのべた。古波津は翼にあがって、握手した。

「あとを頼む」

高村少尉は言った。いくらか引き締まった表情だったが、いつもと変わらぬ落ち着いた声だった。

「よし、わかった」

古波津はうなずいた。

二百五十キロ爆弾を抱えて、ながい滑走のあとに高村機は離陸していった。

特攻機の編隊の前方上空を、四機の直掩機は敵機を監視しつつ飛ぶ。

東シナ海へ西進して敵機を避け、迂回《うかい》する形で南下した。徳之島を左手に遠望して、南東へ変針し、太平洋側へ出る。

五式戦による援護は、往復と空戦のための燃料の関係でここまでが限界だった。

直掩機の隊員たちは翼をふり、挙手の敬礼を送って、特攻機の編隊に別れを告げた。

特攻機は翼をふって応え、南下していく。直掩機は可能なかぎり旋回しつつ、特攻機を見送った。

特攻機は敵の電探《レーダー》に捕捉されるのを避けるために高度を下げ、海上を這《は》うように沖縄本島東側の中城《なかぐすく》湾の敵艦船群へ向かっていく。

沖永良部《おきのえらぶ》島、与論《よろん》島の彼方《かなた》の水平線上に、沖縄本島北部の山原《やんばる》の山脈《やまなみ》が見えた。

沖縄は、米軍の圧倒的な火力によって、全滅に追い込まれつつある。父や弟たちは生きているのか――。

（沖縄生まれのおれこそ、行かねば……）

いたたまれぬ複雑な思いで、古波津は遠ざかっていく特攻機の機影を見つめた。

涙に目がかすむ。

（高村……！）

日系二世である高村統一郎少尉は、優勢な米軍迎撃機群が待ち構え、艦船群が烈《はげ》しい対空砲火の弾幕をはる修羅《しゅら》の地獄へ向かって、従容《しょうよう》として天翔《あまが》けていった。

この日、「ワレトツニュウス」と突入電を送ってきたのは、十三機であった。

（第五章「征《ゆ》き逝《ゆ》きしひとよ」）

（注・この日の陸海軍特攻機の総数は三十余機。戦果は、貨物船など三隻損傷）

第七十二振武隊も、このコースを進んだ、と私は思います。沖縄本島の西側を南下して、さらに慶良間《けらま》列島の西を遠まわりしていくとは考えにくいのです。

東シナ海側から徳之島の南で太平洋側へ抜けて、東の洋上を迂回してゆく。沖縄本島の南部海面は、中城湾をめざした第百十二振武隊の飛行コースの延長線上にあります。中城湾沖を過ぎれば、あとわずかに二十キロほど、時間にして数分もかからないところです。

第七十二振武隊の飛行コースをそのように想定し、地図上に線をひいていて、私は、問題にぶつかりました。私の想定があたっていれば、彼らは中城湾沖にゆきつくまえに、米軍の艦艇群に直面することになるのです。

金武《きん》湾の東五十キロ、中城湾の東北東六十キロあたり――。そこに、米軍のレーダーピケット艦二隻と支援の艦艇がとどまっている「第五レーダー哨戒地点《ピケットステーション》」があります。第七十二振武隊は思わぬ敵に遭遇した、と思われます。彼らは、ただちに特攻攻撃を敢行したはずです。

この事態は、私は予想しないことでした。本書を書き進めながら、いろいろな記録をつきあわせ、考察していって、初めて気づいたのです。

だが、果たして、米軍側の記録と一致するか――。私は心配になりました。

第五レーダー哨戒地点にいた艦艇が、一九四五年五月二十七日朝、日本軍特攻機の攻撃を受けたか――。関係資料を調べていて、私は思わず、そうだ、とうなずきました。

第五レーダー哨戒地点にいた駆逐艦ブレインと駆逐艦アンソニーが、この日朝、特攻機の攻撃を受けています。駆逐艦ブレインは大破炎上して航行不能に陥《おちい》っています。すでに本書の第五章に記したとおりです。デニス・ウォーナー記者とペギー夫人の『ドキュメント神風　特攻作戦の全貌』にも記されていました。

駆逐艦ブレインが撃破された海こそ、第七十二振武隊の隊員九名の「最期の海」と私は考えます。

その位置は、地図のうえで判断して、私は北緯二六度三〇分ぐらい、東経一二八度三〇分ぐらいか、とメモしました。

前に、私は、ドキュメンタリー制作のために、ワシントンの国立公文書館（ナショナル・アーカイブス）やスミソニアン国立航空宇宙博物館で、太平洋戦争中の航空戦に関する記録映像をさがしたことがあります。このケースも、国立公文書館や米海軍歴史センターにあたれば、もろもろのことがわかってくるでしょう。駆逐艦ブレインとアンソニーの当日の戦闘報告や記録写真、生存者の証言が得られれば、私の推測があたっているか、間違っているかが、はっきりしてきます。

ワシントンに問い合わせるまでもなく、やがて、駆逐艦ブレインの位置は明確になりました。北緯二六度二五分、東経一二八度三〇分——。

さらに、インターネットで「駆逐艦ブレイン USS BRAINE - DD630」を検索して、ブレインに突入する特攻機の写真を見ることができました。機影は遠いのですが、ほぼ正面からとらえた特攻機は、主翼の特徴のある「上反角《じょうはんかく》」から判断して、まさしく九九式襲撃機です。第七十二振武隊です。

私は思わず、目の前に掲げている「子犬を抱いて微笑む少年飛行兵」の写真を見ました。気のせいでしょうか、荒木幸雄伍長の笑みが一瞬、明るく映えたように感じました。

荒木幸雄たち、そして駆逐艦ブレインの戦死者の「最期の海」――。そこは、暖流の黒潮が、日本本土に向かって北へ滔々《とうとう》と流れる紺青《こんじょう》の大海原。

彼らの特攻機が最後に着地した、水深千数百メートルの海底は、光も色もなく、時の流れも停まったような闇のなか、音もなく海雪《マリンスノー》の降りつむところ――。

日米の相戦った者が、恩讐《おんしゅう》を越えてつどい、せめても海上に船をとどめて、彼我《ひが》の征《ゆ》き逝《ゆ》きし人々に、鎮魂《ちんこん》の祈りを捧げ、供花《くげ》を投じる日が来ることを、私はねがいます。

万世基地跡にいま、ふたたび

「特攻出撃前に、子犬を抱いて微笑む少年飛行兵」の写真に胸をうたれて、荒木幸雄を中心に、第七十二振武隊の少年隊員たちの生と死の航跡をたどってきました。

その間、ずっと私の気にかかっていたのは、この印象深い写真を撮影したひとはだれだろう、ということです。一般には、某新聞の撮影といい伝えられてきました。

ここにきて、もし、撮影者がわかり、この写真を撮影したときの情況を聞かせてもらえれば、あの少年飛行兵たちのことがもっと詳しくわかるかもしれない――。

そう考えていたとき、荒木幸雄の兄、精一さんがこう言い出されたのです。

「たしか……、朝日新聞ですよ。あの写真が郵便で送られてきています。さがせば、そのときの封筒が……」

　そして、保存されていた遺品や関係資料のなかから、古い角封筒が見つかったのです。父、荒木丑次さん宛てに送られきた封筒の裏に、差出人の名が書かれていました。

「朝日新聞福岡総局　写真部　稲村豊《いなむらゆたか》」

　たしかに、某新聞ではなく、朝日新聞でした。

　あの少年飛行兵たちを撮影したとき、撮影者は彼らの実家の住所を聞き、写真を送ります、と約束したものと思われます。死の出撃を前にして、少しも動じることのなかった彼らの微笑みは、きっと撮影者を感動させたに違いありません。

　稲村さんは、万世基地で彼らを撮影したか、あるいは、万世から福岡総局に送られてきたフィルムを現像し、撮影者の依頼に応《こた》えて彼らの実家へ郵送したひとでしょう。写真に添えられていた手紙は失われています。

　さらに調べを進めていくうちに、稲村さんが特派員として万世基地で撮影されたものであることがわかってきました。しかし、稲村さんは一九五一年に退社されていて、その後の消息はわからず、撮影された詳しいいきさつはまだ確認できていません。

　稲村豊さんから荒木さん宅に送られてきた写真を複写し、引き伸ばした写真を手にとって見て、私は驚きました。それは、新鮮なものを初めて目にしたような驚きでした。

これまで見てきた写真は、出版物に印刷されたり、ポスターに刷られたりしたものでした。多くは複写の複写であり、さらにその印刷写真でした。映像の明るいところは白っぽくとび、暗部は黒くつぶれたりして、ディテール（画像の細かさ）が失われています。私が新たに手にした写真（注・本書の表紙の写真）は、白黒写真《モノクローム》であることは変わりませんが、ディテールが鮮明で、あの少年飛行兵たちの姿を驚くほど生々しく見せます。半世紀を超えて失われていた、リアルな存在感があるのです。

いろいろなものが初めて見えてきました。まず、彼らの飛行帽の上部がみな、なぜ白っぽく写っているのか――。飛行眼鏡《ゴーグル》を額に上げたそのうえに、彼らは、「必勝」の二文字を書いた日の丸の鉢巻きをしめていたのです。写真は彼らの足元まで写しており、荒木幸雄のやや大きすぎる飛行長靴（半長靴）の脛《すね》のわきの隙間《すきま》には、航空地図らしい折りたたんだ紙がさしこまれています。

細かく見ると、荒木幸雄の額には短く二本の横皺《よこじわ》が――。飛行服もしわばみ、ズボンの腿《もも》のあたりには、油汚れらしい黒ずんだいくつもの染《し》みさえ、写真の暗部に浮かびあがって見えてきました。

それを見て、あらためて、私は思います――。

いままで、見てきた彼らの日記や修養録、さらには手紙、遺書には、心の暗部は書かれていない、と。写真も彼らの心のうちなる悲しみを写し出していない、と。

死の出撃前に子犬を抱いて微笑む彼らは、超人でも、英雄でもなく、悲しみや苦悩をうちに秘めた、普通の等身大の少年として見るべきだ、と私は考えてきました。

あの微笑みのうちにあるものは――?
十七、八歳の若さで死ぬと決まったとき、少年たちの心は、はげしい悲しみに襲われ、動揺し、苦悶《くもん》したに違いありません。生きたくても生きられない、どうしようもない慟《どう》哭《こく》の思いを、彼らは表《おもて》にあらわしていません。最後の手紙や遺書に書かれたことばの行間に、それを私たちは読みとらなければならないと思います。
特攻隊員とて生身の若者です。日一日と死が迫ってきたとき、本能的な性の衝動に身《み》悶《もだ》えたときがあったとしても、自然なことでしょう。わがいのちをつなぐ、子を生《な》すことなく死んでゆくのです。

陸軍航空本部が技師を派遣して、特攻隊員の心理調査をしたものを細かく見ていくと、「基地ヘノ移動中、地方女子ト関係シテ恋著《れんちゃく》シ、自機ヲ毀損《きそん》シタル者アリ」という事例もあげています(生田惇《いくたじゅん》『陸軍航空特別攻撃隊史』、ビジネス社)。

特攻隊員の多くは、国を護《まも》り、父母を護り、愛するものの幸せを護るために、自分たちは死ぬのだ、自分たちの死が役立つのだ、と自ら言い聞かせて覚悟をかためたのだと思います。

しかし、死への恐怖や不安は、人間の本能として、最期の瞬間まであったろう、と私は思います。その恐怖をのりこえて、死へ向かって突撃していく勇気は、きびしい教育とはげしい訓練で鍛え上げられた敢闘精神から出たものでしょう。

戦争という過酷な極限状況のなかで、彼らを支え、動かしたのは、「自分たち若者が愛するものを護らなければならない」という使命感であったと思います。

あの写真の少年飛行兵たちの微笑みに、死を覚悟したひとの心の安らぎと、悲しみや苦悩をのりこえた清々《すがすが》しさを感じるのは、私だけでしょうか。

ある学徒出身の隊員は、特攻出撃が迫ったとき、最後に遺書を書こうとしても文字にならなかった。地に垂《た》れた「牛のよだれ」のような、読めぬ文字であった、と聞いたとき、私は、その隊員に親近感をおぼえました。私も、その場に置かれたら、そうだったろうと思うからです。知覧《ちらん》特攻平和会館を訪ねたとき、私はそのひとの遺影の前に立ちました。凛々《りり》しい顔立ちで優しい目をしたひとでした。

特攻を「美談」にしてはならない。美談にすることは、特攻で亡くなった人々が喜ばれることでは決してない、と私は考えます。

軍が強行した特攻作戦と、それに殉じた若者の特攻死を、「特攻」とひとくくりにして論じることはできません。

特攻に身を挺《てい》して戦死した人々の自己犠牲の死は、かぎりなく尊いものに私は思います。

しかし、前途有為《ゆうい》の若者たちをあたかも「人間ミサイル」のように敵艦に体当たりさせた軍の特攻作戦は、人間のいのちの尊厳を冒《おか》す、非情きわまりない無残なものでした。破局に追いつめられてのこととはいえ、軍の作戦としては「統率の外道《げどう》」（人の道に反する指揮）と、特攻出撃を最初に命じた第一航空艦隊司令長官、大西瀧治郎中将ご自身のことばにあります。

その大西中将（海軍軍令部次長）は、終戦の翌日の未明、責任をとって割腹自決されました。第五章で述べたとおりです。

しかし、特攻隊員に対して、「諸君らだけを征《ゆ》かせはしない。最後の一機でわしも征く」と公言して出撃を命じておきながら、米軍が上陸してくるや、特攻隊員たちを置き去りにして逃げた軍司令官もいたのです。また、終戦の日、出撃も自決もせず、言を左右にして生きのびた軍司令官も――。

「戦場にも美があり醜《しゆう》があり、勇があり怯《きよう》があった」とは、戦争末期、飛行兵として特攻隊の若者たちの生と死を見てこられた作家、神坂次郎《こうさかじろう》さんのことばです（『東京新聞』九五年八月三日夕刊）。

日本は明治以降、近代化を旗《はた》じるしに「富国強兵」を国是《こくぜ》としてきました。中国大陸、東南アジアへ侵出《しんしゅつ》をはかったとき、アジアで植民地化を進めていた欧米列強と衝突したのです。アメリカ、イギリス、中国、オランダの「ＡＢＣＤ包囲陣」による対日経済制裁が石油禁輸におよんで、国の命脈が危うくなったとき、軍国主義体制にあった日本は、民族の命運をかけて、戦争（大東亜戦争）にうって出たのでした。

群馬県の織物の街、桐生《きりゅう》の菓子屋の次男に生まれた荒木幸雄が、まだ物心つかないこどものころに、日本が侵出していった満州（中国東北部）で戦争は始まりました。戦争は止むことなく、十数年ひきつづく大戦争となって、日本が敗北に追い込まれたとき、国は十七歳になったばかりの少年に特攻という死の出撃を命じました。

荒木幸雄は涙も見せず、たじろぐこともなく特攻出撃して、国のために殉じたのです。

ただ一筋に征く、と――。静かに微笑みさえたたえて――。

二〇〇四年早春、私はふたたび、荒木幸雄たちの出撃の地、加世田《かせだ》市の万世《ばんせい》を訪ねました。

万世特攻慰霊碑《いれいひ》「よろずよに」の奥まったところに、一九九三年に開館した「加世田市平和祈念館」（万世特攻平和祈念館）がありました。

この地から飛びたって還《かえ》らなかった、二百一名の若いパイロットの魂魄《こんぱく》を慰霊し、祖国のために献身した彼らの犠牲の事実を「万世《よろず》に語《よ》り継ごう」と、多くの人々の志と地元加世田市民の思いを集めて建てられたものです。

万世基地の飛行第六十六戦隊の隊員だった苗村七郎さん（大阪府枚方《ひらかた》市在住、前述）の三十余年にわたる念願がかなえられたのです。

「合掌複葉型」といわれる、ユニークな二階建てです。練習機・赤トンボの複葉機を正面から見た形を模したもので、上翼のように見える大屋根の、天に向けた「合掌」のシンボルの頂きに、鎮魂《ちんこん》と平和への祈りがこめられています。

「特攻隊の人達は、若い日、大空を飛ぶことに憧《あこが》れ、最初みんながあの練習機に乗って訓練したもので、決して特攻隊に征《ゆ》くために飛び始めたものではない。いつの日か平和な時代が来た時、この複葉機（赤トンボ）で、大空を飛んでみたかったという思い入れが皆にあったのだ。その大空に逝った飛行機野郎の悔しさを思うと、ぜひともこのもっとも懐かしい複葉機の建物に、遺書、遺影、遺品をいれてあげたい――」

と苗村さんは述べています（『陸軍最後の特攻基地』）。

照明を抑えた館内は、ひっそりと鎮《しず》まり、粛然《しゆくぜん》とした気が流れています。二階に、戦死した特攻隊員のかずかずの遺書や遺影、そして母への手紙などが、出撃日順に展示されています。

奥のコーナーで、私は、第七十二振武隊の隊員たちの在りし日の姿に対面しました。あの子犬を抱いて微笑む少年飛行兵たちです。その微笑みのまなざしは、いまも、見るものの心をひきつけてやみません。

荒木幸雄のカメラのレンズを見つめる目は、今日の私たちに向けられています。もの言わぬその視線は、日本の現状と私たちの生《い》き様《ざま》にじっと注がれているように、私は感じます。

ガラスケースのなかに、荒木幸雄の最後の手紙や遺品の数点があります。父に贈った「航空総監賞」の懐中時計、操縦徽章《きしよう》、遺品として家へ送った飛行服の袖《そで》の第七十二振武隊のマークなどです。

懐中時計にはクロームメッキの鎖がついていますが、これは父、丑次《うしじ》さんが次男の大事な形見として、哀惜の思いをこめ、晩年まで身につけていた証《あかし》です。決死の決意を示す血染めの日の丸の赤は、半世紀の歳月《としつき》をへて茶褐色に色あせていますが、十七歳の少年の国を憂い、愛するものを護《まも》るためにわが身をなげうつ、烈々たる意志を生々しくしのばせます。

外に出て振り仰ぐ空は明るく、平和の光が満ちて、まぶしく耀《かがや》いています。「よろずよに」の慰霊碑に寄り添うように、翼を形どった黒御影石の「青雲南溟《せいうんなんめい》の碑」があります。その碑文はこう刻まれています。

生きてしあらば　青雲の志に燃え　祖国を興隆し翔《はばた》いたであろう若者に
国の危急存亡の時　操縦桿《そうじゆうかん》を握らせ　あたら南溟《なんめい》に散華《さんげ》せしめた　この
哀惜と痛恨を後世に傳《つた》う
平成五年三月二十九日　　苗村七郎撰《せん》　凌雲《りょううん》書

ああ、生きて在《あ》れば——。特攻死することがなかったら、あの少年たちは、戦後に、どんなにかすばらしい人生がひらけていたでしょう。

学力、体力、気力ともすぐれたひとたちでした。あの戦争の不条理《ふじょうり》のなかで、困難を克服し、努力の限りを尽くして、いのちある日々を、せいいっぱい、生きたひとたちです。わが利益のためでなく、栄達のためでもなく——。

他のひとを思いやり、利害をすてて公共のために、誠実に、恐れず立ち向かう勇気

——。それは、古来の「武士道」にいう勇《ゆう》、仁《じん》、誠《まこと》、義《ぎ》——の精神にも通じるものでした。

航空エンジニアになりたかった荒木幸雄は、あの勤勉さとがんばりで、きっと夢をみのらせ、世のために役立つ働きをしたに違いありません。

かたわらに、句碑がひとつ——。

若鷹《わかたか》は湧《わ》き立つ雲指し翔《か》け入りぬ

文学博士・横田健一

（よろずよに慰霊碑建立十周年記念碑）

私は、彼らが飛びたった滑走路跡に立ちたいという思いがあって、吹上浜《ふきあげはま》海浜公園へ向かいました。公園の中央入り口まで西へ一キロほどあります。平和祈念館の上塘徳晃《かみとものりあき》さんに車で送ってもらいました。

公園の方に向かって、きれいな黒松並木の道が通じ、その突き当たりに、亜熱帯高木のアコウの大木がそびえています。そこが、県立吹上浜海浜公園の中央入り口でした。

吹上浜の渚《なぎさ》へとひろがる広大な公園の中央入り口に、私は降り立ちました。

黒松の緑と四季折々の花に彩《いろど》られる公園のどこにも、基地跡のなごりはありません。

「万世特攻基地跡」との表示板もありません。

「飛行場の滑走路はどのあたりだったのだろう……」

私がつぶやくと、

「ああ、この道ですよ」

上塘さんがいま来た道をゆびさしました。

ふりかえって見ると、この道路は南東へ一直線にはるか彼方までのびていました。万世基地の滑走路は、今日の空港の滑走路のようなものではなく、舗装《ほそう》しないままの地面でした。ただ、戦後、撮影された航空写真には一本の滑走路らしきものが写っています。

そのことを話すと、

「それは、戦後、アメリカの占領軍が使っていたものです」

上塘さんはいいました。上塘さんは幼児期からこの地で育ったひとです。

戦後、進駐《しんちゆう》してきた占領軍は、万世の西十数キロにある野間岳《のまだけ》（標高五九一メートル）の山頂に航空機や船舶に位置測定のための電波を発射するロラン基地を置きました。そのために、占領軍は連絡機を発着させる滑走路として、万世基地の滑走路跡の一部を整地して使っていました。周囲は草ぼうぼうだったといいます。

「中学生のころです。小型の連絡機が着陸すると、アメリカの飛行機もアメリカ兵も珍しいもんだから、ススキをかきわけて見にいったもんですよ」

その跡が後年、道路にかわり、さらに吹上浜海浜公園の開設にともなって整備され、並木を植えるなどして今日の道路になったというのです。

航空写真と今日の道路地図を照合すると、ほぼ重なります。当時の地図にある日本軍機が離発着した滑走路とは、向きがいくらかずれているようですが、いま、北西―南東方向に七、八百メートルほど一直線に通じる道路が、万世基地の滑走路のなごりをとどめるものだとわかりました。

その道路は、県道277号線「吹上浜公園線」です。

広い車道とアンツーカーの朱《あか》い歩道の間には、折々に花をひらく霧島躑躅《きりしまつつじ》や山茶花《さざんか》の植え込みがつづき、道路の外側には黒松の並木が、見えるかぎりの遠くまで、常緑の茂みを連ねています。走る車はまばらでした。

特攻機がこの地を蹴《け》って、死の出撃をしていったとは、ほとんどのひとは知るよしもありません。

荒木幸雄たち、特攻の使命をおびた第七十二振武隊の隊員は、でこぼこの粗《あら》い滑走路を全力で駆け抜けて、翔《はばた》いてゆきました。

私は、道路のなかほどに立って、彼らが離陸するときめざした北西の空を見あげました。彼らは、この上空を旋回し、編隊を組んで、死地へおもむきました。どんな思いを抱き、心のうちになにを叫んで、彼らは、わが祖国に、愛《いと》しきものに、永久《とわ》の訣別《わかれ》を告げたのでしょう――。

戦没者の多くの犠牲を礎《いしずえ》にして、今日の平和はあります。平和の貴さ、ありがたさを忘れたとき、平和は失われます。戦争は、くりかえしてはなりません。

私は、彼らのことを忘れません。あなたも、いつか、万世の空を仰いでください。十七、八歳で特攻死した少年たちに思いをめぐらしてください。

半世紀の歳月《としつき》の流れを物語るアコウの巨木の彼方の空は、蒼《あお》く澄み、白い雲が湧いていました。

君がため世のため何か惜しからん
雲染む屍《かばね》と散りて甲斐《かい》あり
荒木幸雄

エピローグ　平和がゆらめく、いまこそ
――特攻死した少年の生と死と愛を見つめて

この本の原稿を書きあげたいま、私は不思議な思いがしています。「特攻出撃前に子犬を抱いて微笑む少年飛行兵」の写真に、初めて出会ってから、十四年が経過しています。

折々に取材し、関係の資料を集めてきましたが、いよいよ書かねばならない、と思いたつ契機となったのは、この本の第一章に書きましたように、昨年夏、奇《く》しくも荒木幸雄さんの生地、桐生で朗読劇『月光の夏』の公演が行われたことからでした。

幸雄さんの兄、荒木精一さんが、幸雄さんの遺書や「修養録」などをよく保存し、整理されていました。それを見せていただき、立ち入った細かい質問にも応《こた》えてくださいました。件《くだん》の写真も頂戴《ちょうだい》しました。荒木さんのご理解とご協力がなければ、この本は成り立っていません。

朗読劇公演の実行委員だった有志の方も、幸雄さんの幼友達や同級生の話を聞き集めてくださるなど、たいへんなご協力をいただきました。

映画『月光の夏』の機縁で知り合った「少飛十五期大刀飛《たちひ》会」（仁木勝美会長、比企義男事務局長）のみなさんから、数々の資料をお貸しいただき、また取材に応じていただきました。

ご遺族をはじめ、幾人もの関係者の方々にいろいろおたずねしました。

荒木幸雄さんたちの第七十二振武隊が発進した「万世基地」については、苗村七郎さんのご労作である『陸軍最後の特攻基地――万世特攻隊員の遺書・遺影』を参考にし、一部引用させていただきました。電話をして細々《こまごま》としたことまでご教示をねがいました。

加世田市平和祈念館、知覧特攻平和会館、西往寺には特段のご配慮をたまわりました。

ご協力、ご高配をいただきましたみなさんに、まず感謝いたします。

*

小説『月光の夏』『月光の海』『青天の星』につづく〈特攻のレクイエム〉の第四部として書いたものですが、前三作と違って、これはノンフィクションです。

わずかでも、うそや作りごとがないように、虚構や虚飾を一切排して書きました。記録がなくてわからないところはわからないと書き、私が想像してみるほかないところはそうことわって、私の考えを記述しました。

実をいえば、書き始めるとき、私は荒木幸雄さんたち、第七十二振武隊の九名の戦死場所は、「特攻戦死者名簿」に記録されている「沖縄南部海面」と思っていました。

彼らは、国の危急に殉《じゅん》じて、愛するものを護《まも》るために、民族の未来のために、死の出撃をしていったのです。未知の海域へ、誘導機もなく、援護機もなく――。まして、戦果確認機もついて行っていません。国のために死のう、犠牲になろう、という若者たちの戦いぶりとその最期を、日本人のだれひとり、見守り、見届けようとはしていないのです。

特攻出撃後、エンジン不調で途中不時着して、期せずして生き残ったある元隊員はいいました。

「戦果確認機もついてこないとわかったとき、非常に空しい気持ちに襲われた……」

痛切なそのことばがいまも耳に残っています。それが私をつき動かしました。

私たちは、特攻機は「南溟《なんめい》の彼方に散った」とか「雲の果てに消えていった」というような抽象的な、もしくは感傷的な言い方をしがちですが、特攻隊は決して雲や霞《かすみ》のように虚空に消え去ったわけではありません。

第七十二振武隊は発進後、どのように飛んだか——。それを記録したものはありません。しかし、私は、第七十二振武隊のゆくえを追ってみよう、と思いました。第五章と第六章に述べたとおりです。

特攻機の援護機として、幾度か徳之島《とくのしま》の向こうまで飛んだ古波津里英《こはつさとひで》さん（飛行第二百四十四戦隊）の体験に基づくお話が、もっとも参考になりました。

第七十二振武隊は「沖縄南部海面」に行きつく前に、沖縄東方洋上の米海軍の第五レーダー哨戒地点《ピケットステーション》の駆逐艦ブレイン、アンソニーなどの艦艇群に遭遇したはずです。米軍側の記録とも一致しました。第七十二振武隊が出撃していったその日朝、特攻機の攻撃を受けています。

私に最後に残るひとつの気がかりは、両艦に突入した特攻機は、九九式襲撃機（第七十二振武隊・万世発進）か、九七式戦闘機（第四百三十一振武隊・知覧《ちらん》発進）か、ということでした。

私は並行して、この第七十二振武隊の少年飛行兵たちのこと、そして彼らのあの微笑みのうちにあったものを、テレビでもひろく伝えたいと考え、友人の報道番組のプロデューサー、平川隆一《ひらかわりゆういち》さん（パオネットワーク会長）と計らって、新たな取材を始めていました。

海外取材につよいパオネットワークのスタッフが、駆逐艦ブレインとアンソニーの詳しい記録をインターネットでさがし出しました。

ブレインに突入する特攻機の機影の写真をインターネットで見て、私にはそれが九九式襲撃機だとわかりました。アンソニーの乗組員の日記の記述を読んでも、九九式襲撃機とわかります。

こうして、第七十二振武隊が任務を遂《と》げた「最期の海」は、まさに、米海軍の第五レーダー哨戒地点が置かれていた北緯二六度二五分、東経一二八度三〇分とわかったとき、私は心に震えをおぼえました。不思議な思いにしばらくつつまれていました。

駆逐艦ブレイン（乗組員・三百名余り）は特攻機二機の体当たりを受けて大破、炎上し、航行不能になり、「沈みはしなかったが、最大の損傷を受けた」とあります。最終的には戦死者六十七名、負傷者百二名となり、戦死者のうち四十人ほどは、フカのいる海に落ちたりして行方不明になっています。ブレインは戦闘不能となって、戦線を離脱し、米本国へ帰ってゆきました。

＊

戦争は、戦った双方の、あたら前途《ぜんと》有為《ゆうい》の若者たちに多くの犠牲を強《し》いたのでした。

いまひとつ、私は知りたいことがありました。あの「特攻出撃前に子犬を抱いて微笑む少年飛行兵たち」の写真は、どのように、だれによって撮影されたものか、ということです。一般には、某新聞の撮影と言われながら、それを裏づける確たるものはなにもありませんでした。

あの写真の撮影者さがしは、思わぬ展開をしました。第六章に書きましたように、遺族に贈られた写真の送り主、朝日新聞福岡総局写真部の稲村豊《いなむらゆたか》さんの名が浮かびあがりました。さらに調べを進めるうちに、加世田市平和祈念館の関係者のみなさんのご協力で、第七十二振武隊の少年飛行兵たちの一連の写真が、朝日新聞西部本社発行の昭和二十年六月二日付と六月八日付に、「稲村特派員撮影」として掲載されていたことがわかりました。なかでも、六月八日付は、

特攻隊も整備員も少年兵／見事に散らう国の為／心残りは体当たり後の戦果

という記事に添えられたもので、件《くだん》の写真そのものでした。ただ、子犬を抱く荒木幸雄伍長と左の早川勉伍長のふたりをトリミングしてあり、説明《キャプション》は「出撃前も悠々《ゆうゆう》仔犬と戯《たわむ》れる少年飛行兵出身の特攻隊員」と記されています。

「某基地にて松野《まつの》特派員発」のその記事の後段に、私は注目しました。

――勇士たちには生死はもはや眼中になかった。あるものは自分の果たすべき任務だけであった。

しかし、神鷲《かみわし》の心にただ一つ割り切れないものが残ってゐ《い》た。それは自分たちの挙げる戦果を直接自分の眼で確認できないことであり、更に自分たちの挙げる戦果がこの戦局にどう響くか、究極にはこの戦争の結末如何《いかん》、日本民族の将来はどうかということであった。「明後日《あさって》の新聞が見たいなあ」「死んでからこの戦争がどうなったかを知りたいものだ」それが出撃前夜の神鷲たちが異口同音に叫んだ言葉であった。

「明後日《あさって》の新聞が見たいなあ」という、彼らの叫びが胸にささります。戦果確認機もつかず、孤独な出撃をしていった第七十二振武隊の若き隊員たちの「最期」を、半世紀経てのちとはいえ、追跡してその実相に光をあてたのは意味があったと考えます。

戦後、日本はどうなったか――。荒木幸雄の、私たちをじっと見つめつづける無言のまなざしの問いに、私たちはどう答えるか。日本の現状は、彼らの犠牲に応えているか。

戦後六十周年を前に、私たちは心して考えなければならない、と思います。

＊

佐賀県東脊振《ひがしせふり》村の西往寺（南悦朗住職）に遺されている特攻隊員の遺書や遺品、特攻隊員名簿などは、敗戦後、占領軍に没収されるのを防ぐために、数年間は、缶《かん》に封じて裏の畑の地中に埋めて、秘匿《ひとく》されていました。

大事に保存されてきた遺品を目《ま》の当たりにしたとき、私は粛然《しゆくぜん》とした思いがしました。座卓の前に正座して、荒木幸雄伍長が白いハンカチに墨痕《ぼつこん》鮮やかに「只《ただ》一筋に征《ゆ》く」と書いた文字と正対し、じっと見つめるうちに、征《ゆ》き逝《ゆ》きしひとの思いがのりうつってくるようにさえ感じました。

『月光の夏』このかた、〈特攻のレクイエム〉の一連の作品を、私は目に見えない大きな意思によって「書かしめられた」と思うところがあります。

どうしても言わなければならない、と思うのは、「特攻」と「テロ」とは違うということです。二〇〇一年九月十一日のアルカイダによる米中枢攻撃の自爆テロ以来、海外で「カミカゼ（特攻）」ということばが、「自爆テロ」の代名詞のように誤って用いられています。民間旅客機をハイジャックし、世界貿易センタービルに激突させせて、民間人二千八百人のいのちを奪い去った犯罪的なテロは、旧日本軍の「特攻」と明らかに違います。似て非なるものです。

日本軍の特攻作戦は、戦争下、破局に追いつめられ、起死回生の最後の策として敢行《かんこう》されたもので、攻撃目標はあくまでも軍艦、軍人などに限られています。一般市民はただひとりも傷つけていません。

特攻戦死者の名誉のためにも、また、日本および日本人が諸外国から誤解されないようにするためにも、これは声を大にして言わなければならないことです。

この本の原稿を書きながら、若い世代のみなさんに、このことはぜひ知っていてもらいたいと思いました。

＊

荒木幸雄とその仲間の少年飛行兵たちが、どのように生き、どのように死んでいったか――。短くも烈《はげ》しく燃えた彼らの生涯に目を注ぐとき、私たちは、今日、忘れられがちな平和の貴さ、いのちの重さをつよく感じ、この一日一日をどう生きていくべきかを深く考えさせられます。

先年、「映画『月光の夏』を見た。きょうからのぼくは、きのうまでのぼくではない」と感想文を書いた十七歳の高校生がいました。「自殺したくなったら、あの特攻兵のことを思い出そう」といった中学生もいました。

この本をとおして、荒木幸雄とその仲間の少年飛行兵たちの生と死の実相《じっそう》と、そして彼らのうちにあった熱い愛と志を知れば、若いひとたちは、きっと、将来につながる、なにか、大事なものをつかみとってくれると私は思います。

荒木幸雄は、陸海空にわたる特攻の六千余人の戦死者のひとりです。特攻で征《ゆ》き逝《ゆ》きし多くの若者たちの声なきメッセージを、胸に受けとめてください。

戦後五十九年、日本は、先の大戦の多大な犠牲を礎《いしずえ》に、深刻な戦禍を貴い教訓として、平和憲法のもと、他国と戦争をせず、銃火を交えず、ひとりも殺すことなく、また殺されることもなくきました。これは誇らしく、幸せなことです。

しかし、イラクの戦火熄《や》まぬいま、日本政府は、自衛隊を米英軍などの多国籍軍に参加させました。

私たちがテロ攻撃を受ける危険は日常的にひそみ、平和は陽炎《かげろう》のようにゆらめいて、危うく感じられます。イラクで自衛隊がもし攻撃を受ける事態に至ったら、銃火を交えずにすむものでしょうか。自衛隊員のいのちが失われることがないように、祈るのみです。

憲法第九条にかかげてきた「戦争はしない」という高い理念は、ゆらぎつつあるように私には思われてなりません。いまこそ、平和の貴さ、いのちの重さを、よくよく考えなければならないときです。

特攻死した十七歳の少年の生と死と愛を見つめる、この本の出版を契機に、荒木幸雄の生地、桐生市ではことし八月一日、平和といのちを考える「荒木幸雄をしのぶ集い」（主催・桐生から「いのち」を発信する会）が遺品展とあわせて企画されました。

このたび奇《く》しくも、ポプラ社第三編集部の堀信《ただし》さんと出会ったことから、本書をポプラ社から世に送り出していただくことになりました。ご尽力いただきましたみなさんに感謝いたします。

二〇〇四年七月二十五日　特攻戦没者の鎮魂《ちんこん》を念じて

毛利恒之

あとがき

太平洋戦争（第二次世界大戦）の「特攻」の犠牲について、私は劇化する構想で小説『月光の夏』『月光の海』『青天の星』を書きました。

ついで著《あらわ》した『ユキは十七歳、特攻で死んだ』は小説ではなく、ノンフィクションです。特攻死した少年、荒木幸雄さんの短くも烈しく燃えた生涯とその時代を調べ、つぶさに取材して、事実をありのままにつづりました。

それは、次世代を生きるひとたちに、過酷、無残に若いいのちを奪った、あの「戦争」の実態の一端を伝え、平和の貴さ、いのちの重さをつよく感じとってほしい、とねがうからです。

わが国は、平和憲法のもと、他国と戦火を交えることなく、平和を保ってきました。しかし、いま、危うい岐路に立っているように私には思われてなりません。あらためて、いま一度、〈戦争をしない〉と私たちは決意しなければならない。「特攻出撃前に子犬を抱いて微笑む少年飛行兵」荒木幸雄さんの直視する無言のまなざしを胸に受けて、私はそう思うのです。

思いを同じくして、この本の朗読、読み聞かせをしてきたひとが、各地におられます。高校生の朗読グループもありました。荒木さんの生地、群馬県桐生市では、有志のご婦人たちが朗読紙芝居にして、方々からの求めに応えて上演されています。

この夏、『ユキは十七歳、特攻で死んだ』の新書版が刊行されます。中学生、高校生のみなさんにも手に取りやすくなるでしょう。私には、うれしく、ありがたいことです。

ポプラ社のご高配と編集担当・浅井四葉さんのご尽力に感謝します。

毛利恒之

（文庫版より）

おもな参考文献

・少飛会歴史編纂委員会編『陸軍少年飛行兵史』、少飛会
・少年飛行兵第十五期生大刀飛会編『大刀洗陸軍飛行学校甘木生徒隊の記録　飛翔への青春』、少飛会
・少飛十五期大刀飛会事務局編、少飛十五期大刀飛会会報『あまぎ』、少飛会
・上野辰熊編『朝鮮一〇一部隊（第二三鍊成飛行隊）懐想集総集』、上野辰熊
・菊池乙夫、横山孝三『陸軍少年飛行兵　特攻までの記録』、三心堂出版社
・特攻隊戦没者慰霊平和祈念協会編『特別攻撃隊』、特攻隊戦没者慰霊平和祈念協会
・特攻隊戦没者慰霊平和祈念協会編『特攻隊遺詠集』、ＰＨＰ研究所
・防衛庁防衛研修所戦史室編、戦史叢書『沖縄・台湾・硫黄島方面　陸軍航空作戦』、朝雲新聞社
・苗村七郎編著『万世特攻隊員の遺書』、現代評論社
・苗村七郎編著『陸軍最後の特攻基地――万世特攻隊員の遺書・遺影』、東方出版
・デニス・ウォーナー、ペギー・ウォーナー『ドキュメント神風　特攻作戦の全貌』（上・下）、妹尾作太男訳、時事通信社
・生田惇『陸軍航空特別攻撃隊史』、ビジネス社

・ベルナール・ミロー『ＫＡＭＩＫＡＺＥ　神風』、内藤一郎訳、早川書房
・原勝洋『真相・カミカゼ特攻――必死必中の３００日』、ベストセラーズ
・草柳大蔵『特攻の思想――大西瀧治郎伝』、文春文庫
・航空碑奉賛会編『陸軍航空の鎮魂　総集編』、航空碑奉賛会
・神坂次郎『特攻隊員の命の声が聞こえる』、ＰＨＰ文庫
・松浦喜一『昭和は遠く――生き残った特攻隊員の遺書』、径書房
・中條高徳『孫娘からの質問状　おじいちゃん戦争のことを教えて』、小学館文庫
・新渡戸稲造『英語と日本語で読む　武士道』、奈良本辰也訳・解説、知的生き方文庫
・毛利恒之『月光の夏』、講談社文庫
・毛利恒之『月光の海』、講談社文庫
・毛利恒之『青天の星』、光人社
・『朝日新聞』一九四五年五月二十九日、六月二日、八日付、朝日新聞社
・加世田市史編さん委員会編『加世田市史』、加世田市
・ふるさと桐生のあゆみ編集委員会編『ふるさと桐生のあゆみ』、桐生市教育委員会

巻末資料

沖縄戦での陸軍特攻戦死者数（都道府県等別）

都道府県	隊員数(名)
北海道	35
青　森	9
岩　手	18
宮　城	27
秋　田	9
山　形	10
福　島	22
茨　城	25
栃　木	28
群　馬	24
埼　玉	22
千　葉	27
東　京	86
神奈川	31
新　潟	17
富　山	13
石　川	17

都道府県	隊員数(名)
福　井	8
山　梨	6
長　野	30
岐　阜	21
静　岡	22
愛　知	43
三　重	18
滋　賀	10
京　都	26
大　阪	35
兵　庫	28
奈　良	8
和歌山	14
鳥　取	9
島　根	8
岡　山	26
広　島	28

都道府県	隊員数(名)
山　口	20
徳　島	13
香　川	17
愛　媛	13
高　知	6
福　岡	43
佐　賀	22
長　崎	18
熊　本	20
大　分	25
宮　崎	20
鹿児島	40
沖　縄	6
樺　太	2
朝　鮮	11
合　計	1,036

陸軍の沖縄特攻作戦　1945（昭和20）年3月26日～7月19日
同作戦での特攻隊員　17歳～32歳（平均年齢21.6歳）
資料作成　知覧特攻平和会館HPより

沖縄戦で陸軍の特攻機が出撃した飛行場

出撃地			人数（名）
鹿児島県	知覧	ちらん	439
	徳之島	とくのしま	※14
	喜界島	きかいじま	※23
	万世	ばんせい	120
	鹿屋	かのや	12
宮崎県	都城東	みやこのじょうひがし	73
	都城西	みやこのじょうにし	10
	新田原	にゅうたばる	38
熊本県	健軍	けんぐん	127
	菊池	きくち	1
福岡県	大刀洗	たちあらい	14
	蓆田	むしろだ	4
山口県	小月	おづき	2
沖縄県	沖縄	おきなわ	20
	石垣	いしがき	31
	宮古	みやこ	10
台湾	宜蘭	ぎらん	37
	台中	たいちゅう	31
	八塊	はっかい	32
	桃園	とうえん	15
	花蓮港	かれんこう	15
	竜潭	りゅうたん	5
合計			1,036

※ 徳之島は（知覧→徳之島）、喜界島は（知覧→喜界島）をそれぞれ経由した数。

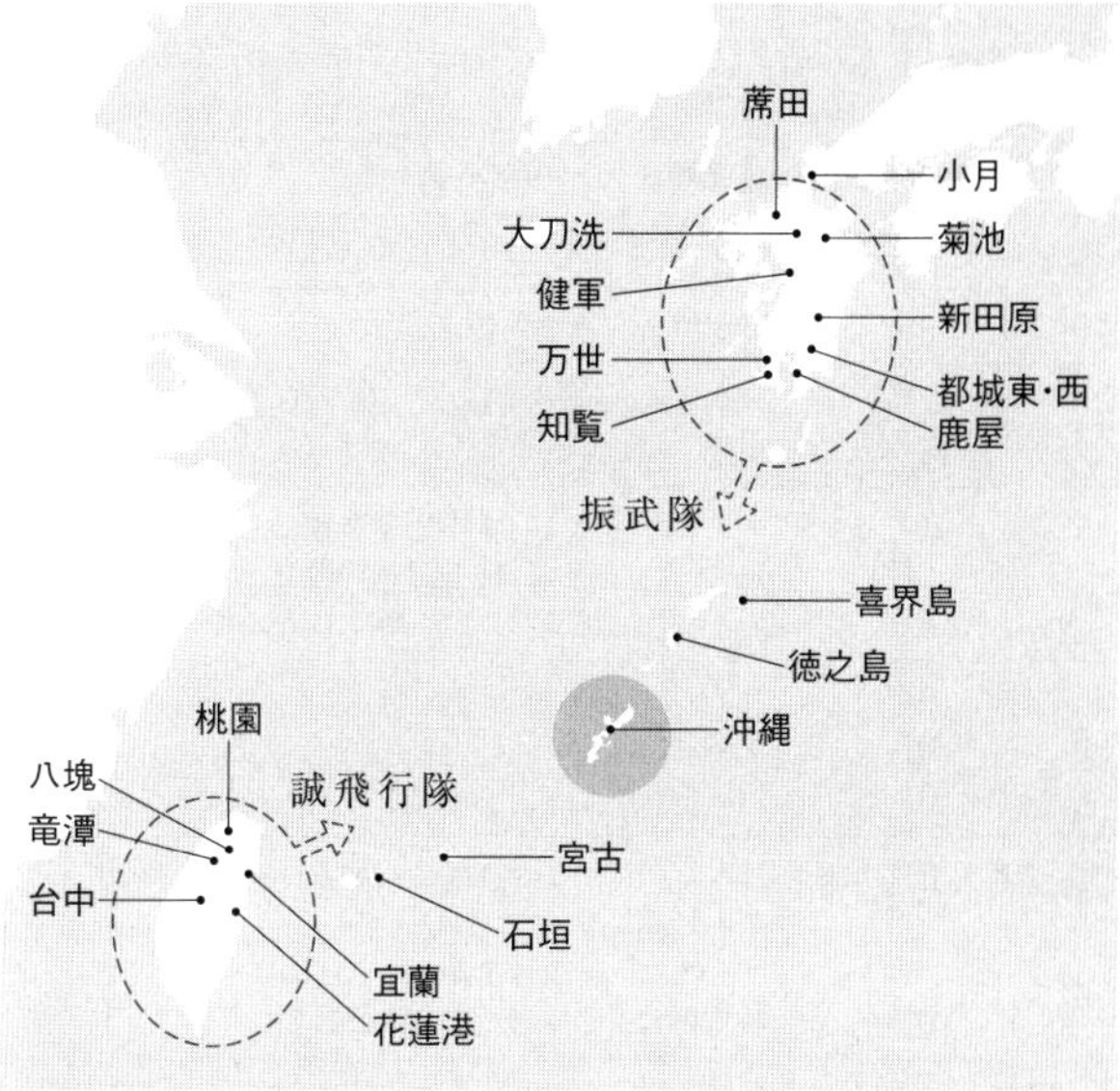

沖縄での陸軍による航空特攻作戦は、アメリカ軍が沖縄南西にある慶良間列島に上陸した1945年（昭和20年）3月26日から始まった。表のように知覧基地を始め、宮崎県都城など九州の各地、また当時日本が統治していた台湾など多くの基地から出撃したが、本土最南端の知覧基地がもっとも多く、全特攻戦死者1,036名のうち、439名（中継基地となった徳之島・喜界島を含む）と半数近くが知覧基地から出撃している。特攻部隊のうち、九州から出撃した部隊は「振武隊」、台湾から出撃した部隊は「誠飛行隊」と呼ばれている。
資料作成　知覧特攻平和会館HPより

関連年表

年	月日	事象
1931年	9月	満州事変
1937年	7月	盧溝橋事件。日中戦争始まる
1939年	9月	ドイツ軍がポーランドへ侵攻。第二次世界大戦始まる
1940年	9月	日独伊三国軍事同盟調印
1941年	12月	日本軍がマレー半島に上陸、ハワイ・真珠湾を奇襲攻撃。太平洋戦争始まる
1942年	4月	アメリカ軍による日本本土初空襲
	6月	ミッドウェー海戦、日本海軍が敗北
	8月	アメリカ軍、ガダルカナル島に上陸
1943年	5月	アッツ島の日本軍が「玉砕」
	9月	イタリアが降伏
	10月	出陣学徒壮行会
1944年	3月	日本軍、インドへ侵攻。「インパール作戦」開始
	6月	アメリカ軍、サイパン島に上陸
	7月	サイパン島守備隊全滅
	10月	特攻隊による体当たり攻撃が始まる
1945年	2月	米英ソ「ヤルタ会談」
		アメリカ軍、硫黄島に上陸
	3月	東京大空襲
	4月	アメリカ軍、沖縄本島上陸
	5月	ドイツが無条件降伏
	7月	米英中「ポツダム宣言」発表
	8月 6日	アメリカ軍が広島に原爆投下
	8月 9日	ソ連軍が満州国に侵攻
		アメリカ軍が長崎に原爆投下
	8月15日	玉音放送で戦争終結が伝えられる
	9月	降伏文書に調印

解説

この作品を読んでいて何度も涙がこぼれてきました。十四歳で沖縄戦に遭遇した私の母（佐藤安枝、旧姓上江洲）の運命と重なり合ったからです。母については少し後で話すことにします。

本書のユキ、こと荒木幸雄氏（一九二八［昭和三］年三月十日〜一九四五［昭和二十］年五月二十七日）は、陸軍の少年飛行兵でした。特攻隊員となり、第七十二振武隊の九九式襲撃機（キ五一）に乗り込んで、沖縄沖の米軍艦に突入し、戦死しました。亡くなったときはわずか十七歳なので、現在ならば高校二年です。戦死した時点の階級は伍長（下士官）ですが、特攻の功績により三階級特進で少尉（将校）になりました。軍国主義時代の当時の基準では、たいへんに名誉な人生でした。

しかし、太平洋戦争で日本が敗北したことにより、価値観が根本的に変化してしまいました。この様子を本書で毛利恒之氏は多方面からていねいに描いています。例えば以下の描写です。

〈終戦の日、「玉音放送」（天皇による終戦の詔勅のラジオ放送）を聞いて、幸雄の母、ツマさんは泣きました。

「ああ、ユキがかわいそう……。ユキはなぜ死んだ……」

幸雄は陸軍記念日の三月十日に生まれ、海軍記念日の五月二十七日に亡くなりました。軍国日本の男児と生まれて、避けられない役割と不幸を一身に背負うように——。あたら、十七歳の若さで——。恋も知らず、妻もめとらず——。

母は不憫で、不憫でならなかったのです。

戦後、何年たっても、ことあるごとに、母は泣きました。

「ユキがかわいそう……」

そのつぶやきに、わが身を責めるようなひびきがありました。

「母さんが悪いんじゃないよ。幸雄はね、国を護ろうと自分で志願していったんだ。与えられた任務を果たした。運命だったんだ……」

長男の精一さんは、そういって慰めるほかにありませんでした。〉（二二六～二二七頁）

太平洋戦争の戦没者に対する扱いはとても難しいです。近代社会において人間が生きていく上で国家は死活的に重要です。戦勝国は戦没者を「国のためによく頑張ってくれた」と顕彰した上で、「ゆっくり休んでください」と追悼します。日清戦争、日露戦争、第一次世界大戦での戦死者に対して日本人は躊躇なく顕彰と追悼をすることができました。

しかし、満州事変、日中戦争、太平洋戦争では戦没者の顕彰が難しくなっています。連合国が満州事変以降の日本の戦争は侵略であると認定し、日本の国家と国民もこの歴史観を受け容れたからです。戦後レジームの総決算を掲げた安倍晋三氏も首相在任中の二〇一五年に発表した戦後七十年談話でこう述べました。

〈世界恐慌が発生し、欧米諸国が、植民地経済を巻き込んだ、経済のブロック化を進めると、日本経済は大きな打撃を受けました。その中で日本は、孤立感を深め、外交的、経済的な行き詰まりを、力の行使によって解決しようと試みました。国内の政治システムは、その歯止めたりえなかった。こうして、日本は、世界の大勢を見失っていきました。満州事変、そして国際連盟からの脱退。日本は、次第に、国際社会が壮絶な犠牲の上に築こうとした「新しい国際秩序」への「挑戦者」となっていった。進むべき針路を

誤り、戦争への道を進んで行きました。そして七十年前。日本は、敗戦しました。〉

日本は進むべき進路を間違った、すなわち間違えていたということです。

間違えていた戦争で、少年飛行兵に志願して、民主主義国である米国の軍艦に体当たり攻撃を行い米国人を殺傷（少なくとも殺傷を意図）した人を顕彰すると、戦後の価値観と矛盾を来すことになります。ですから、特攻隊員を含め大平洋戦争で戦死（戦病死を含む）した軍人や軍属に対して、私たちは追悼に徹し、顕彰については考えないようにしました。

本書で毛利恒之氏は、特攻で戦死した人々に対する顕彰についても考えるべきではないかという問題を静かに提起していたと私は受け止めています。

実を言うとこの問題に関して、私自身の考えがまとまっていません。絶対に勝つことができない戦争であることを認識しつつ、それに国民を巻き込んだ戦争指導者を私は顕彰する気持ちにはなれません（私も外交官だったので、国家を運営する側の人たちの論理と心情も理解できます。しかし、負け戦に突入することはいかなる理由があってもそれを正当化することはできません。戦争指導者に対して追悼の気持ちは強く持っていますが、顕彰する気持ちが私には起きません）。

本書を読んで私は荒木幸雄氏に心の底から感謝の念を抱くようになりました。それは私の母が沖縄戦に従軍したことと関係しています。沖縄の離島・久米島出身の母は、十四歳のときにさまざまな偶然が重なり陸軍第六十二師団（通称「石部隊」）の軍属になりました。その経緯はこうです。一九四四年十月十日、米航空母艦の艦載機による激しい空襲を那覇市と首里市（当時、現在は那覇市の一部）は受けました。当時、母は昭和高等女学校の二年生でした。空襲後、校長先生から「三年生、四年生は学徒隊に加わり、一年生、二年生は親元に帰郷するように」と命令されました。久米島は那覇市の西一〇〇キロメートルに位置する離島です。那覇と久米島を結ぶ連絡船は空襲ですべて破壊されてしまいました。母は久米島に帰りたくてもその手段がありませんでした。母は三人姉妹で全員が那覇に住んでいました。いちばん上の姉が軍属として勤務していました。母の窮状を話すと同情した将校が特別の計らいで母を石部隊の軍属として雇用しました。

母は沖縄戦の間、軍隊と行動を共にしました。母は四月二十五日から五月六日に行われた前田高地の戦いで九死に一生を得ました。この戦いは、アメリカ側ではハクソー・リッジ（弓のこぎりの屋根）の戦いと呼ばれています。二〇一六年にはメル・ギブソン監督による「ハクソー・リッジ」という映画が公開されています。石部隊は前田高地の戦いで戦力を大幅に失いましたが、首里の攻防戦に加わります。荒木幸雄氏が五月二十七日に特攻攻撃を敢行したちょうどその頃、沖縄防衛を担当する第三十二軍は南部の摩文仁に移動して、徹底抗戦を続けることを決定しました。そのとき下士官が米兵に捕らえられそうになったときに備え、自決用の手榴弾を二つ母に与えました。そのとき母と下士官の間でこんなやりとりがあったと言います。

――なぜ手榴弾を二つ持つのですか。

「一つが不発だった場合、もう一つで自決するためだ」

――二つとも不発だったらどうすればいいのですか。

「そのときは舌を嚙んで死ね」

母は歯で舌を嚙み切れるかどうか、少し力を入れて試してみましたが、自分には出来そうもないと思ったそうです。母が死ぬ覚悟を固めた同時期に母より三歳年上の荒木幸雄氏は特攻を敢行したのでした。

一九四五年六月二十二日（一般に二十三日となっていますが、元沖縄県知事の大田昌秀琉球大学名誉教授［久米島出身で母の親戚です］の実証研究に基づく二十二日説を私は正しいと考えます）、沖縄本島南端の摩文仁の司令部壕で第三十二軍（沖縄守備軍）の牛島満司令官（陸軍中将）、長勇参謀長（陸軍中将）が自決し、沖縄における日本軍による組織的戦闘は終結しました。その後も、母は摩文仁の海岸にある自然の洞穴に数週間潜んでいました。小さな洞穴に、十七人が潜んでいたといいます。恐らく六月二十二日未明のことです。摩文仁には一カ所だけ井戸がありました。母がそこで水を汲んでいるときに、二人の下士官と会いました。二人は母に「われわれは牛島司令官と長参謀長にお仕えしていた。二人はこれから自決するので、戦争はこれで終わる」と伝えました。

母たちは投降せずに、沖縄本島北部に筏で逃げ出すことを考えていました。北部の密林地帯で、米軍に対するゲリラ戦を展開することを考えていたのです。七月に入ってからのことです。母たちは米兵に発見されました。用便に行った日本兵が米軍に発見されました。米兵に発見された場合は、その場で自決するか別の場所に行くという約束になっていました。しかし、その兵士は約束を守らずに洞穴に戻ってきてしまいました。

訛りの強い日本語で米兵が、

「スグニ、デテキナサイ。テヲアゲテ、デテキナサイ」

と投降を呼びかけます。洞穴の入り口には十数丁の三八式歩兵銃が並んでいます。外側から、暗い洞穴の中の様子は見えません。日本語を話す米兵の横には自動小銃を抱えた別の米兵が立っています。その米兵はぶるぶる震え、自動小銃が揺れていました。

母は自決用に渡されていた二つの手榴弾のうちの一つをポケットから取りだし、安全ピンを抜きました。信管（起爆装置）を洞窟の壁に叩きつければ、四〜五秒で手榴弾が爆発します。母は一瞬ためらいました。そのとき、母の隣にいた「アヤメ」という名の北海道出身の伍長が、

「死ぬのは捕虜になってからでもできる。ここはまず生き残ろう」

と言って手を上げました。

母は命拾いした。私は子供の頃から「ひげ面のアヤメ伍長があのとき手を上げなければ、お母さんは手榴弾を爆発させていた。そうしたらみんな死んだので、優君が生まれてくることもなかった。お母さんは北海道の兵隊さんに救われた」という話を何度も聞かされました。

母は、これ以外にもいくつもの偶然が重なって命を失うことも怪我をすることもありませんでした。母が生き残ったので、私も地上に生を得ることができたのです。歴史は複雑な連鎖によって成り立っています。五月二十七日に荒木幸雄氏が特攻攻撃をしたという要因もどこかで複雑に絡み合って、母の人生に関係しているように思えてならないのです。だからこの本を読んで荒木幸雄氏をはじめとする特攻で沖縄で死んだ人々への感謝の気持ちを新たにしました。

私は外交官時代、国家意思を形成する側にいました。その経験を踏まえて考えることがあります。一九四五年二月の時点で、日本の政権幹部で日本が戦争に勝利すると考えていた人は皆無です。あのとき勇気を持って終戦交渉に臨んだならば、歴史はかなり変わっていたと思います。それでも日本は軍隊の無条件降伏を受け入れざるを得なかったでしょう。しかし、東京大空襲とそれに続く全国主要都市の空襲、米英海軍による艦砲射撃、沖縄戦、広島・長崎への原爆投下、ソ連の参戦による死傷者は生じませんでした。もちろん荒木幸雄氏らが特攻で死ぬこともありませんでした。さらに北緯三十八度線で朝鮮半島が分断され、その後、朝鮮戦争が発生することもなかったと思います。負け戦とわかったとき、早く停戦交渉を行い、死傷者を一人でも減らし、将来の復興の準備をするのが優れた政治家だと思います。

一九二五年生まれの私の父は荒木幸雄氏よりも三つ年上、一九三〇年生まれの母は二つ年下です。荒木幸雄氏が生きていれば、結婚し、私と同世代の子供がいた可能性が十分あります。あるいは孫に囲まれ幸せな日々を送ったかもしれません。

戦争は普通の人々を不幸にします。ロシア・ウクライナ戦争、ガザ紛争など再び戦乱の時代に入りつつあります。「新しい戦前」という言葉もときどき耳にします。このような状況で私は一人の作家として、東アジアで二度と戦争を起こさないという基本的立場を揺るがさずに表現活動を続けていきたいと考えています。毛利恒之氏の『ユキは十七歳、特攻で死んだ』を再読して、平和への決意を一層強めました。

二〇二四年五月六日、沖縄県石垣市川平《カビラ》にて、

佐藤　優

本書は、２００４年８月刊行の単行本、また２０１５年７月刊の文庫を加筆修正し、新書化したものです。新書化に際して、資料と解説を加えました。

毛利恒之
もうり・つねゆき

作家。1933年福岡県生まれ。熊本大学法文学部卒。NHK契約ライターを経てフリー。日本脚本家連盟、日本ペンクラブ会員。1964年テレビドラマ脚本「十八年目の召集」で第1回久保田万太郎賞。特攻秘話を描いた小説『月光の夏』は自らの企画・脚本で映画化。テレビ・ドキュメンタリー「われら了解せず・捕鯨船第31純友丸」で地方の時代賞特別賞とギャラクシー賞、「騎馬武者現代を駆ける」は動物愛護映画コンクールで最優秀内閣総理大臣賞。ほかに文化庁芸術作品賞、民放連賞など多彩な受賞歴を持つ。

カバーデザイン／フロッグキングスタジオ
本文DTP／高羽正江

ポプラ新書
259
ユキは十七歳、特攻で死んだ
子犬よさらば、愛しきいのち
2024年6月10日 第1刷発行

著者
毛利恒之
発行者
加藤裕樹
編集
浅井四葉
発行所
株式会社 ポプラ社
〒141-8210 東京都品川区西五反田3-5-8
JR目黒MARCビル12階
一般書ホームページ www.webasta.jp
ブックデザイン
鈴木成一デザイン室
印刷・製本
図書印刷株式会社

N.D.C.916/302P/18cm/ISBN978-4-591-18208-6

JASRAC 出 2403624-401
P8201259

生きるとは共に未来を語ること 共に希望を語ること

昭和二十二年、ポプラ社は、戦後の荒廃した東京の焼け跡を目のあたりにし、次の世代の日本を創るべき子どもたちが、ポプラ（白楊）の樹のように、まっすぐにすくすくと成長することを願って、児童図書専門出版社として創業いたしました。

創業以来、すでに六十六年の歳月が経ち、何人たりとも予測できない不透明な世界が出現してしまいました。

この未曾有の混迷と閉塞感におおいつくされた日本の現状を鑑みるにつけ、私どもは出版人としていかなる国家像、いかなる日本人像、そしてグローバル化しボーダレス化した世界的状況の裡で、いかなる人類像を創造しなければならないかという、大命題に応えるべく、強靭な志をもち、共に未来を語り共に希望を語りあえる状況を創ることこそ、私どもに課せられた最大の使命だと考えます。

ポプラ社は創業の原点にもどり、人々がすこやかにすくすくと、生きる喜びを感じられる世界を実現させることに希いと祈りをこめて、ここにポプラ新書を創刊するものです。

未来への挑戦！

平成二十五年 九月吉日

株式会社ポプラ社